自然公園 025

尋訪月亮的腳印

楊南郡・徐如林——著

晨星出版

過化存神

楊南郡

2016.8.17.

男兒立志出鄉關
學若無成不復還
埋骨何期墳墓地
人間到處有青山

—楊南郡書

【紀念典藏版序】

楊南郡老師出發了！

徐如林

二〇一六年八月二十七日天氣晴朗，楊南郡老師穿著他最喜歡的登山服，戴著帥氣的領巾，就像他往常登山的習慣，早上四點三十分就把握清晨清朗的時光，出發了。

這一次是要去爬哪一座山、踏查哪一段處女稜線、開拓哪一條登山路線？或是要調查哪一條古道、勘查哪一個已成廢墟的老部落、追查哪一段台灣的歷史？還是純粹的就是要去尋訪傳說中的月亮的腳印？

不管他要去哪裡，我相信那一定是一個美好到令人樂而忘返的地方，楊南郡老師決定他不再回家了！

一九九〇年代，台灣意識逐漸萌芽，有關本土的書籍忽然市場大開。那時候我

敷島（しきしま）の大和心（やまとごころ）を
人（ひと）問（と）はば
朝日（あさ日）に匂（にほ）ふ
山櫻花（やまざくらばな）

↑在病床中
的心境，剛好
與日本古詩
一樣。

楊南郡

過世前兩個多星期即預示著，
自己將如櫻花般絢爛的綻放。
因而感悟手寫此首日文詩。

們有兩本散文集《與子偕行》與《孤鷹行》，很榮幸的入列晨星出版「自然公園」系列叢書；更榮幸的是獲得廣大讀者的喜愛，忝列為暢銷書。晨星的發行人陳銘民先生打鐵趁熱，希望可以為我們再出版一本新書。

當時我們有一點為難，因為手邊的存稿數量還不夠出一本書，但是拗不過陳老闆的熱忱，就把與原住民議題相關的散文、論文，甚至演講紀錄都拿出來，編輯期間，還曾經發生原版幻燈片與文稿被竊的事件。最後，很勉強的出了一本先天不足的散文集《尋訪月亮的腳印》。

多年來，楊老師一直覺得很對不起讀者，卻苦無補救的機會，尤其是聽到讀者的溢美之詞時，更加感到汗顏。

總算到了今年，晨星出版計畫將自然公園系列的老書，重新編排出版。楊老師立刻叫我把近二十年來刊登過的文章拿出來檢視，挑出了與台灣原住民主題相關的六篇文章，希望增補進去後，比較能跟前兩本書相提並論。

新增的六篇文章之中，最受重視的應該就是〈為什麼是凱達格蘭？〉當時的台北市長陳水扁，決定要把充滿封建意味的「介壽路」改名為「凱達格蘭大道」，訊息一公布，立刻引起軒然大波，民眾不論藍綠一致反對。

楊老師看到媒體一片怒火燎原，恐怕台北市政府抵擋不住，又推遲甚至退縮了！於是立刻振筆疾書，當天下午三點鐘就把文稿親自送到聯合報社。為什麼投稿給聯合報？因為當時的聯合報是反對改名的暴風中心。

隔天，這篇文章一刊出，就像投出「定風珠」一樣，滿天風暴頃刻消失無蹤。如今，凱達格蘭大道之名被朗朗上口，再也沒有人質疑：為什麼是凱達格蘭了！

眾所周知，國分直一教授對台灣南部的平埔族有非常深入的研究，他早年出版了一本書《壺を祀る村》，使得西拉雅族被稱為「拜壺民族」。然而，偉大的學者是不會停止持續的探索與研究，多年之後，國分教授做了更多的田野調查，查閱更多的文獻，赫然發現：不是拜壺，不管是什麼形狀的壺，都只是祖靈的憑依；而將軍柱上的豬頭殼或鹿頭骨，其實原本應該是人頭！

偉大的學者不懼於推翻昔日的自己，在七十幾歲時，重新寫了一篇重要的論文，可惜的是，很少人知道，還繼續的「拜壺」下去。

國分直一教授以九十六歲高齡辭世後，家屬將他的藏書、手稿、石器、土俗收藏品，悉數捐贈給國立台灣大學。二〇一一年，台灣大學特別為國分教授舉辦一場大型的研討會，並出版國分教授的遺著《日本民俗文化誌》。這一篇〈國分直一教授與平埔族研究〉，就是楊老師作為序文與主題演講的內容，從本文可以看到一個真正學者的本色！

台灣有很多矮黑人傳說，無論是清代、日治時期，都有很多的記載，日本學者如鹿野忠雄或駐守山地的警察，也有多篇調查報告。我們在古道調查時，不免也到傳說中的矮黑人聚落遺址探查一番。這是相當有趣的題目。

更有趣的是小品文〈哈里布斯布斯，嘴在冒煙〉記述一個紅毛鬼（荷蘭人）在原住民部落的遭遇。

我個人最喜愛的是〈偕牧師來了！〉，馬偕牧師的外孫柯設偕先生，是楊南郡在淡江中學的老師，楊老師寫下從他那裡聽到的故事，以及後來我們在宜蘭地區田野調查，訪問許多噶瑪蘭族老人家，經由他們的回憶，讓人們看到馬偕牧師為傳教而奔走的艱辛，以及噶瑪蘭人對牧師的愛戴和依戀。

宜蘭地區現在還有很多姓偕，以及其他姓氏的噶瑪蘭人，卻因為法令的問題，至今還不被認定為原住民。希望有一天他們可以取得原住民族的身分，也希望西拉雅族在回歸原住民族身分之路上，能夠順利的達陣。這是身為西拉雅族後裔的楊南郡老師，生前的願望之一。

——二〇一六・八・三十

這是小學生唱的柚子花之歌，是楊老師每日散步時最愛唱的。住家的巷子裡有人種了一棵柚子樹，花期很長，楊老師出院回家後，每天散步經過樹下，就開始唱起來。

（小学的時候，經常唱的童謠与民謠，時々刻々引起我的懷念与夢想。例如下面一首）

ザボンの歌

ザボン即柚子

南の風が　吹く頃は
ザボンの花が　匂います
三つ星，四つ星，七つ星！
數えていたりや　つい眠る
ついついゴロリと　眠んねしな
明日の朝まで　眠んねしな！

南風吹来的時候，
柚子的花　開始散佈芳芳氣味，
三顆星，四顆星，七顆星！
數一數時，自然地睡着了
終々身子倒下来了，好々地睡吧，
明日的早晨以前，大家好々地睡吧！

【紀念典藏版序】

楊南郡的不老人生

劉克襄

日前離開人間的登山大師楊南郡，眾所周知的重要著作，幾乎都是在六十歲以後逐一完成。

在這之前，他的撰寫泰半是政府機關的山野調查報告。六十歲以後，才像花火不斷綻放，璀璨地點亮高山美學的夜空。我們終而有福氣，閱讀一部部宏偉著作，像大山在我們面前漸次矗立。進而驚奇地看到，台灣的登山又有了新的面向和高度。

仔細回顧，楊南郡跟其他優秀的岳人相似，一九七〇年代時已完成百岳，同時跟登山界四大天王都有淵源，屬於登山界的開山前輩。但他又跟其他岳人不同，當大家醉心於高山的健行縱走時，他已展開對過往人文史跡和部落文化的濃厚興趣，持續地默默調查。有此長年登山經驗的積累，才有日後的生命爆發。

那爆發在一九八〇年代末，我和前輩相遇時。此時，前輩已近六十，台灣的百岳、攀岩或溯溪等休閒活動，彷彿都走到一個階段，逐漸有人把登山的視野轉移到國外，挑戰世界名峰。本土的高山攀爬彷彿來到一個峽谷邊緣，但他從這裡搭起一座寬闊的長橋。大橋那頭，台灣的高山以大家還未熟悉的風貌再度拔起。登山的意義何在，儼然有了不同層次的樣貌。尤其是古道探查和部落文化的昔時狀況，都留下嚴謹的爬梳和譯注。

人生六十才開始，前輩展現了不老精神，一個人與天長逐。他不只是埋頭書寫史詩般的鉅著，還跟年輕人一樣，繼續以勇健的高齡努力攀越山野。親自走到歷史現場，探查古道現況和部落遺跡，或者拜訪在地耆老。縱使在人生最後一個月，依舊在各地講演，積極的鼓勵後進。

前輩一生嚮往，櫻花在最璀璨時凋謝，其人生亦徹底實踐，今夏以最後一次的華麗盛開，精彩地回報這塊土地。如今再回顧他的著作和田野調查，他送給我們的禮物豈只是高山學術的豐厚內涵，更提示了一個生活態度。年紀大了時，很多事情才可能更成熟而有智慧的面對，以及竭己之力完成。

一個人退休以後，生活可以更加熱情地開展，帶給社會鉅大的貢獻。從六十歲到八十五歲，從出版著作的角度，他最讓人推崇的，當是這一階段的繼續努力。人生的下半場依舊往上，而非走下坡。這正是我們今天面對人口老化，最該鼓舞的不服老力量。

愈來愈多的銀髮族，不知有無看到，在他身上，老年以最後最精彩的一次美麗，敞開人生的大門。如今我也欣然，來到這一門檻，準備出發。很謝謝前輩，在多年山行陪伴下，給了這最後一次的提示。

——二〇一六・九・二

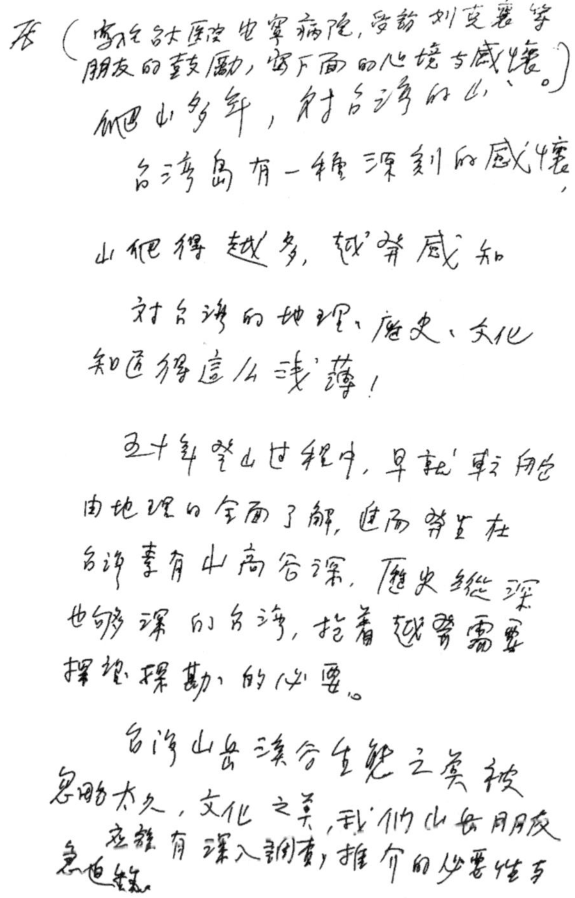
楊（寫於台大醫院 [illegible] 病院，受訪劉克襄等朋友的鼓勵，寫下面的心境與感懷。）
爬山多年，對台灣的山、台灣島有一種深刻的感懷，
山爬得越多，越發感知對台灣的地理、歷史、文化知道得這麼淺薄！
五十年登山過程中，早就轉舵由地理的全面了解，進而發生在台灣素有山高谷深，歷史縱深也夠深的台灣，抱著越發需要探望探勘的必要。
台灣山岳溪谷生態之美被忽略太久，文化之美，我們山岳朋友應該有深入調查，推介的必要性與急迫性。

楊南郡辭世前親手寫下對登山後輩的遺言。（劉克襄提供）

爬山多年，對台灣的山、台灣島有一種深刻的感懷。

山爬得越多，越發感知對台灣的地理、歷史、文化知道得這麼淺薄！

五十年登山過程中，早就轉舵由地理的全面了解，進而發生在台灣素有山高谷深、歷史縱深也夠深的台灣，抱著越發需要探望、探勘的必要。

台灣山岳溪谷生態之美被忽略太久，文化之美，我們山岳朋友應該有深入調查，推介的必要性與急迫性。

【原版序】

因高山探險而浪漫，因原民研究而熱情

徐如林

「在半倒的獵屋裡、在巨大的冷杉林下、在寬廣的高山草原上，就著火堆的溫暖，凝聽伊勇特有的喃喃語調，訴說著一則則古老傳奇……。」

認識楊南郡的人，大概很少看到他這樣充滿感性的文筆吧。

從三十年前，他在台南市登山會主編登山會報以來，直到受玉山國家公園、太魯閣國家公園及雪霸國家公園委託，從事古道調查，大部分的人看到的都是新路線的開拓記錄、古道的調查過程，雖然間雜著沿途史蹟的回顧與喟嘆，但是一般人對於標高多少、幾級石階、幾公尺的浮築橋、方圓多大的營盤遺址，乃至於詰屈聱牙的古部落名稱，莫不愈看愈頭大。除了歷史研究者及山岳探查者見之如獲至寶外，多數人都以文章很堅實（硬的另一種說法）、耐讀（必須耐心的看好幾回才瞭解）

作為恭維。

其實，台大外文系出身的楊南郡，是很熱情而浪漫的。他的浪漫，表現在對未知世界的好奇與探索，這是他獲得「台灣地圖解謎人」封號的緣由；他的熱情，不僅在於三十年來無悔地從事高山探險、原住民文化研究，更把熱力散發於大專院校登山社、原住民團體，推動登山學術化的風氣，激發原住民返鄉尋根、找回民族自尊的熱潮。在〈轉捩點上的登山運動〉及〈尋訪月亮的腳印〉，我們可以看到一個熱忱的學生導師、一個浪漫的原住民朋友，欣慰地端出成果，以招徠更多跟隨者。

因為登山而與各族的原住民朋友有了深厚的友誼，〈燦燦星空下〉描述的是原住民高山嚮導意氣風發的全盛時期，也幽幽地表現了關懷與悲憫。在國際原住民年，特別撰寫了〈認識、尊重、關懷台灣原住民〉，呼籲大家拋棄漢人沙文思想，讓原住民的事務以原住民自我的角度來思考。

為了協助尋回原住民的尊嚴，他特別介紹尼泊爾政府為安娜普魯娜山區原住民「古崙族」所推動的ＡＣＡＰ計畫，這篇文章刊出時，許多原住民團體紛紛來電致意。對於原住民是山林生態體系重要一環的理念，台灣似乎遠落後於尼泊爾。

台灣原住民不只有高山九族，事實上原本人數更多的是同樣是南島語族的平埔族！居住於宜蘭和花蓮的「噶瑪蘭族」，是大家較熟悉還保有少數語言的一族；然而原本活躍於北台灣的「凱達格蘭族」真如一般學術報告所說完全消失無蹤嗎？

在鍥而不捨的訪問下，「三貂社」，這個凱達格蘭族的大部落，它昔日繁盛的風光與今日蕭條的景象躍然紙上，然而，最重要的，是指出了平埔族並未消失，他們只是在漢人優勢的環境下逐漸凋零而已。因為這篇文章引起了廣泛的探討，進一步地發掘北台灣平埔原住民最重要的遺址之一，正是核四準備建廠的所在！

從文學院畢業四十年以來，原本不以舞文弄墨為志的楊南郡，為了把對台灣山林與原住民文化的熱忱抒發出來，一下筆便一發不可收拾，在〈三百年夢魘——台灣大自然的退縮歷程〉，沉痛嚴厲地控訴人類對美麗之島的迫害。

這本書似乎從頭到尾都激盪著一個年逾花甲，卻有少年般浪漫情懷的登山者的全部熱情，這樣的熱情能感染到你嗎？

——一九九六・三・三十

CONTNETS

【典藏篇】山・雲・原住民

【首篇】

我和原住民的高山友誼

奇萊東稜上的小山豬

台灣野生哺乳動物中活動範圍最大的，大概就是山豬了。從平原到海拔三千公尺的高山，都可以找到牠們的蹤影。山豬靠著突出的豬鼻、獠牙，挖掘地下的塊根、嫩芽或蚯蚓，力氣相當大，我在多次古道的踏查途中，看到原本疊砌得工工整整的石階和路肩石，被山豬拱得七零八落的，也著實惱恨不已。

山豬縱橫台灣山林，幾乎沒有什麼天敵，只是在人類日益侵占野生動物生存空間的今日，數量似乎也銳減不少。

由於山豬相當機敏，我們在登山途中，雖然常常可以看到溪邊或高山水池旁的山豬腳印，但是真正和山豬碰面的機會並不多。記得第一次到泰雅族（後更名為太魯閣族）老獵人哈隆・烏來位於陶塞溪畔的家時，正巧看見他捕獲了一隻重達八十公斤的大山豬，只見牠白森森的獠牙外露，一身粗厚的皮毛，有兩吋多長防雨的鋼毛及約一吋長，黏和著泥漿、油脂厚厚密實的一層絨毛，模樣很是嚇人。

另一次印象更深刻的是一九七六年，我與登山夥伴由奇萊北峰沿東稜縱走太魯閣大山時，與一群山豬共同演出的悲喜劇。

那是五月和風的早晨，旭日照在磐石連峰的草原上，也照在晨風中精神抖擻的登山隊員身上，淡黃色的晨光柔和得令人陶醉。當我們走近雙曲稜線間，海拔三千兩百公尺的凹地時，很失望地看到池水已經乾涸，池底殘留著一串串紊亂的山豬蹄印。

沒多久，走在前頭的布農族嚮導伍萬生和全朝琴，突然丟下大背包，拔出番刀向前衝，我們尚不明瞭何故，但也立刻從背包裡抽出番刀跟過去。

原來是一頭黑褐色的母山豬，帶著六、七隻小山豬在矮箭竹坡上漫步，看到我們時，牠們瘋狂地繞著一叢盛開的高山杜鵑跑，母豬還不時對著我們生氣地哼叫。

當時正值壯年的伍萬生見狀，立刻揮起番刀劈過去，母豬閃躲了幾下，看見我們人多勢眾，顧不得小豬，就翻身飛奔下山坡了。

就像一群大人欺負小孩，我們在嘻笑吆喝中圍捕四散的小豬，經過一陣兵荒馬亂後，捉到了四隻小山豬，伍萬生和全朝琴兩人雙手各抓起一隻小豬的後腿，覺得今天早上真是太好運了。

小山豬可能剛斷奶不久，身長才一台尺多，皮毛細柔發亮，背上有一道道明顯的褐色、黃色直紋，渾身圓滾滾的，非常可愛，我們輕輕地撫摸牠們，安撫牠們因害怕而尖叫的情緒，感覺就像小狗一樣。

說實在的，我們圍捕山豬只是出於好玩，既然捉到了又捨不得放走，只好把牠們裝在米袋內，安置在背包的上頭扛著走。

就這樣背著小山豬翻山越嶺，走了三天，來到太魯閣大山前的四岔峰營地，在寒風細雨中紮營。安頓好之後，發現四隻小豬中已有一隻咬破米袋逃走了。剩下的三隻小山豬，不知道是否因為天冷，或是不習慣餵食的乾硬麵包而哀啼不已。

伍萬生覺得很麻煩，就提議把牠們燒烤來吃，我實在是聞其聲不忍食其肉，但

海拔三千兩百八十二公尺高的太魯閣大山。

磐石山上的小山豬。

是山豬不是我捉的，又沒有立場阻止別人已經發作的食慾，只好早早鑽進睡袋，眼不見為淨。

寫這一篇文章時，我眼前還清晰地浮現那美麗的五月之晨，母山豬帶著小豬漫遊山坡的安詳，以及我們來了以後圍獵的紛亂。當時沒有保育觀念，行動充滿了人類的粗野和無知，雖然當時我並未分食那三隻小山豬，但是總覺得似乎有一大塊豬肉哽在心口那樣令人難過。

——一九九五・一・廿六

燦燦星空下——我與原住民的高山友誼

台灣高山的攀登活動，在日治時期曾經有一段輝煌的歷史。戰後，經過十多年的沉寂，於一九六〇年代緩緩萌動，而在一九七〇年代沛然出現百花怒放的繁榮盛景。主要的轉捩點，正是一九七一年的中央山脈大縱走，以及次年十二月正式成立的「百岳俱樂部」，經過媒體的爭相報導，大家才恍然大悟：原來我們所居住的小島上，竟有這麼大一片杳無人跡的壯麗山川！

初時，只有少數身兼貿易商的登山者，可以到國外買些先進的登山裝備，一般

翻過中央山脈到東部木瓜林場哈崙工作站，七十歲的賽德克族人伊勇（右一）與作者夫婦在工寮內喝酒。

登山隊伍所能擁有的，都是極為「厚重」的土產登山用品：登山友商店特製的帆布大背包、軍用的帆布帳篷、分量十足的成套鐵鍋、不鏽鋼水壺加帆布S型寬腰帶，還有在舊貨店買的，捲起來足可塞滿半個大背包的美國軍用睡袋……加上數天的糧食、衣物和各種「以防萬一」的配備，一個登山隊伍所要揹負的重擔，確實是很可觀的。

因此，當年除了因為經濟因素而必須自行負重的大專學生外，由社會人士所組成的登山隊伍，都會雇用數名Porters（挑夫）來分擔團體裝備和糧食，以便能縮短登山的日數，儘早返回工作崗位。

就這樣，原本活躍在台灣高山舞台的泰雅族和布農族原住民，自然成為登山隊伍的好幫手了。

後來，雖然登山裝備快速地輕量化，負重問題已經不再那麼嚴重，但是由於《台灣百岳全集》一書的出版，帶動蓬勃的登山熱潮，登山者不再以五岳三尖為滿足，放眼廣闊而陌生的高山地帶，就要靠曾經擔任過挑夫的原住民來帶路了。

幾個有經驗的挑夫，如四季村的陳文章、南山村的余愛味、東埔溫泉的王天定、

站在後列右一及右二的布農族人哈羅（伍明春）及山羊（伍萬生）雖然已經當了祖父，仍繼續為作者的八通關古道調查賣力。

全桂林、伍勝美、伍萬生，都成為炙手可熱的嚮導，平時送往迎來，一隊接著一隊帶路，幾乎快成為職業嚮導了。每逢假期，甚至要數月前寄訂金去，才能確保雇用得到一個好嚮導。

原住民高山嚮導及挑夫們，雖然只領取菲薄的日酬，但是在高山上全天候的照顧隊伍、開路除草、砍柴生火、尋找水源、在危崖處確保隊員的安全，往往奮不顧身，他們在台灣登山史上，實在值得大大地記上一筆。

我於一九六〇年代中期，開始走進高山世界，到了一九七〇年代，已有足夠的經驗可以自主地計畫攀登或縱走的路線。由於個性使然，我總愛走自創的新路線，在摸索與探險的過程中，當然也希望獲得有高山經驗的原住民嚮導的協助。前面提到的那些著名的高山嚮導，都曾經與我共同度過一段段艱辛、危險又令人難忘的登山歷程，也建立了深厚的友誼。其中被稱為「山羊」的Akila（伍萬生），更在一九八〇年代的古道調查中與我共同走遍高山深谷，成為最親密的戰友。

然而，真正影響我最深的，是一位名不見經傳的泰雅族（後更名賽德克族）老獵人伊勇·瓦沙奧Yiyon Wasao（石恆柱）。我們的山誼，起源於一九七〇年代之初，在往後二十多年的山中歲月裡，我們一起探索危稜，深入古部落廢墟、古戰場遺址，在每一個星光燦燦的夜晚，圍坐火堆旁，沉浸在原住民幽遠的傳說裡……

一九七〇年四月，我在前往能高主山的途中，於海拔近三千公尺的天池旁，初識伊勇與他的外甥西雅諸 Siyatsu（高枝文）。當時他倆正蹲踞在池邊，全神貫注地磨著獵刀。

旭日尚未露出山稜，血紅色的朝霞映在如鏡的池面上，在暗紅色的光線下，虯結的臂肌與霍霍的磨刀聲，顯現一股強勁的野性美與生命力，深深地吸引我的腳步。

走近交談之下，才發覺這位賽德克獵人的靦腆與誠懇。原來他們是廬山溫泉附近的 Rukdaya 社人（平靜部落），凌晨趁著星光趕到天池畔，正準備前往奇萊溪一帶打獵。因為平靜部落並不位於登山的要衝上，他們從未見過登山隊，也不知道該如何去擔任嚮導。但是，因為交談甚歡，我們還是互相約定隔年要從這裡縱走奇萊連峰——當時，尚未有人膽敢這樣冒險。

一九七一年五月，也就是戰後台灣登山史上最大的山難——清華大學奇萊山難發生前兩個月，我們從天池經過奇萊裡山，到達卡羅樓斷崖前。五十二歲的伊勇和二十六歲的西雅諸，憑著獵人多年的經驗，建議要繞道溪谷再上奇萊主山，我則本著登山者的原則，堅持稜線的完全縱走。

五月的奇萊連峰下著密密冷雨，卡羅樓瘦稜上的岩片既溼滑又鬆軟，我魯莽的決定使全隊陷入危境。伊勇和西雅諸卻一言不發，只是盡力地以重步伐，踢踏出較堅實的步階，讓大家能一鼓作氣的通過危機四伏的卡羅樓南稜。

到了奇萊主山，回望陰沉天幕下，如魔鬼雙角，黑色的卡羅樓山，在慶幸已度難關的輕鬆心情下，我把卡羅樓暱稱為「牛魔角」，一直到現在，大家還是這樣稱呼這座巨大的岩峰。

從奇萊主山縱走至尖銳的奇萊北峰後，我們繼續北行，從奇萊北峰西北壁的凹溝直下塔次基里溪源流。五月的北壁岩溝，仍然有大片未融的積雪，走起來倍感艱辛。當夜我們就在山壁岩穴中，互相以背靠背的方式取暖，坐待天明。

第二天早上，伊勇首先發難，以臀部著地的方式，快速地沿雪溝滑降。我和隊友李金輝雖然覺得這樣急速的溜滑梯未免太過危險，但是眼看著伊勇已經消失在遠方，就不顧一切跟著滑下去。

「嘩、嘩、嘩」連滾帶翻，我們差一點跌入一個深邃的融冰雪洞裡，緊急剎車下從鬼門關邊緣撿回兩條命。

伊勇對於這次嚮導路線的失誤有很深的愧疚，總算也明瞭來自平地的登山客，終究是無法跟原住民相比的。他故作鎮定地說：「水鹿也會選擇這一條雪溝下來的，水鹿喜歡躲在雪洞裡。真的，有一次我就在這個雪洞捉到一隻大水鹿。」

這一趟奇萊連峰完全縱走，由於我們兩人各有一次輕率的錯誤判斷，算是扯平了。經過這一次險象環生之行，伊勇得到了教訓，在往後的登山活動中，他總是非常謹慎地選擇路徑，絕對不會讓登山隊員無謂的涉險。

伊勇曾經是日治時期「高砂義勇軍決死隊」的一員，在太平洋戰爭中歷劫歸來。他的姊姊，也就是西雅諸的媽媽，曾經在霧社事件中挺身保護兩個無辜的日本學童，對於霧社事件的始末瞭若指掌。

一九七六年，我到霧社事件發動者，莫那魯道與三百族人最後死守並集體自殺的「馬海僕岩窟」探訪。伊勇與我同行，他在岩窟內生起火堆，安慰淒冷的亡靈，一個小時的靜坐冥想，伊勇未曾停止喃喃的祝禱，讓我深切地為他虔敬的態度而感動。

我和徐如林婚後，一起去伊勇位在合歡溪畔山麓上的果園探訪他，伊勇高興之餘，竟把他的一群鴿子都烹殺了待客，同時力邀我們參加下個月他次子的婚禮。當天我們不辭迢遙趕上喜宴，原定到廬山找個旅館過夜再返家。伊勇卻不依，乘著醉態非要把洞房讓給我們睡不可。

「這怎麼行呢？今天是你兒子洞房花燭夜啊！」我們再三推辭，惹得伊勇都生氣了。最後只好折衷，我們和新郎新娘一起進洞房，睡在鋪著厚棉被的地板上。第一次感受到伊勇的固執和他對我的厚愛。

伊勇對我的關愛也轉到徐如林身上，當我們與他前去賽德克族的聖地，位於中央山脈的白石山和東稜上的牡丹神石，一路上，特別地照顧她，使我這個堅毅的太太，大感受寵若驚。

我們沿著前人未至的稜線來到巨大的神石下方，從知亞干溪谷吹上來的濃濃雨霧，把形如觀音俯首的牡丹神石團團罩住。

伊勇從岩縫中取出銀質的十字架，這是一位法國神父經木瓜林場帶上來供奉的，因為他認為巨岩像一座聖母像。信奉天主教的伊勇先簡單的禮拜一下，接著就依照賽德克族的古老儀式，恭敬地獻上米酒和一小塊肉，虔誠地以賽德克語喃喃的祝禱。

當夜，我們下到木瓜林場的森林鐵道旁，在太魯閣族伐木工人的簡陋工寮裡過夜。早年遷居到花蓮的太魯閣族，曾經因為獵場之爭，與世居霧社一帶的賽德克族成為宿仇。然而，在餐桌旁、燭光下，大家同樣專心地諦聽伊勇訴說有關牡丹神石的古老傳說……原住民文化給我的洗禮，就這樣一次又一次地浸潤了我。

一九七〇年代，帶領搶攻百岳的登山隊伍，縱橫於台灣高山的原住民嚮導們，經過十多年的拓山時期，留下無數的英勇事蹟，而今都已煙消霧散了。固定的攀登路線，已有明顯的足跡可循，新開的公路縮短了登山的時間，幾乎不再有人願意花費每日兩千五百元的工資來雇用嚮導了。

而昔日的高山英雄們，由於過度的負重上下坡，加上長期暴露於高山陰溼的寒夜裡，普遍都罹患了嚴重的關節炎。另一方面，由於登山隊員為示好而大量供應酒

古樓社出身的排灣族獵人許進生（後排中），為作者、學生隊調查崑崙坳古道展現出驚人的辨識能力。

類，也使大多數的原住民鄉導酗酒成習。一九七〇年代百花怒放的登山全盛時期，似乎同時也隱藏了一頁哀怨的歷史。

七十五歲的伊勇幸而還很健壯，一九九二年我與他一起前往立霧溪中上游調查古道時，他矯捷地攀上絕壁，同時伸下粗壯的胳臂，一把將我拉上去的那一幕，讓我彷彿回到二十多年前天池旁初見他的那一個清晨。

然而伊勇畢竟是年紀大了，雖然我和徐如林多想再和他一起重溫闖蕩山林的日子，終究還是不忍心讓他陪伴我們涉險犯難，我知道，在山上只要有任何危險，伊勇一定會奮不顧身地護衛我們的安全——就像每一位盡職的高山原住民嚮導一樣。

像今晚這樣冰冷的冬夜，總令我無由地回想起一九七〇年代在高山上同樣霜寒的夜晚：在半倒的獵屋裡、在巨大的冷杉林下、在寬廣的高山草原上，就著火堆的溫暖，凝聽伊勇特有的喃喃語調，訴說著一則則古老傳奇，像無邊穹蒼射下的燦燦星光，彷彿觸手可及，卻又遙遠若夢……

——一九九四・三・十七

轉捩點上的登山運動

《丹大札記》，一本由學生社團編著的書。

這本書是台灣大學登山社同學共同完成的作品，登山社的同學以報導性手法，平實地記錄登山社三年半來，在濁水溪上游，丹大溪流域及其周邊地區的活動，全書的體裁從區域介紹、古道史蹟、實地探勘、部落文化和感懷遊記五個角度，總體性地呈現他們在區域內的遭遇、見聞，配合豐富的照片，使整本書成為一本想要瞭解這個區域不可多得的參考書籍。

這是近年來難得的好書，特別是因為他們能以踏實的態度，中肯地記述當地的地理與人文。像這樣結合自然誌和文化誌的作品，在目前並不多見，以一個學生社團能有如此的成績實在不簡單。他們以澎湃的熱情完成這本書，也為山岳界的朋友以及研究自然景觀和部落文化的人士帶來一項令人振奮的好消息，而更重要的，這是一個很好的借鏡和方向。

對山岳界而言，國內的登山運動已經出現瓶頸：各地的山頭都有登山客的足跡，登山的路線不論是縱走、橫斷、溯溪或是岩雪攀登，也都逐漸被開拓出來，海外登山十多年來開始有更大的突破，因此整體來看，雖然不斷有路線變化和技術引進，使活動仍有蓬勃的樣貌，但在大方向上卻有隱憂，登山運動到了發展的轉捩點。

如果參考國外狀況，其實不難發現，我們已經背離國外登山運動（Alpinism）的走向。國外登山運動的走向是如何呢？簡單的說，就是登山學術化。藉著登山，從橫面空間性的認識到縱向時間性的瞭解，也就是深入地區內的地形水文、風土人情和歷史文化，從實實在在的田野見聞中建立知識的基礎。這種以學術伴隨登山、以登山帶動學術的情形並不是最近才有的風氣。歐洲的登山運動早在十八世紀後期已在阿爾卑斯山區開展，許許多多的學者，都以學術研究與探險為目的，相繼走進

能高主山。

冰河地帶，並攀登萬年雪的高峰。

就我們而言，日本自甲午戰爭後取得台灣，就在高山地區展開各種的學術研究和探險工作，如鳥居龍藏和鹿野忠雄都是箇中翹楚，他們不顧危險，長時間深入高山調查，與今日學院式的學者從事學術研究的方法，大異其趣。日本當年在各種惡劣的研究條件下卻有汗牛充棟的著作，其學術地位至今不可動搖，重要性與日俱增，反觀光復之後，不得不感到汗顏和遺憾。最近這幾年，一般人以及學術界對平地漢人的文化逐漸累積了研究的功夫和成果，但對高山地區和山岳民族仍少注意。

在這個觀點上，台大登山社完成了一個開創性的工作，能夠突破現在登山運動的瓶頸。他們建立了田野調查和實地勘察的傳統，從過去南湖大山東側的大濁水溪流域到現在的丹大溪流域，不畏艱難的深入目前台灣杳無人跡的山地內陸，在登山遊歷之餘，能有最基本的學術性整理和記述，這是非常難能可貴的。

丹大溪流域在地理位置是台灣高山的中心地帶，濁水溪的上游集水區；在人文史蹟上是布農族的故居。台大登山社以兩、三年的時間，擬定計畫，研討路線，不以登臨山頂為唯一的企圖，一步步的嘗試，一點點的突破，有挫敗，有成功；其成員分布於各系級，以其不同學科中的知識訓練，對這區域做了多元的認知和瞭解。這些成績在專業的知識領域中也許並不特別或稀奇，但我個人認為這對一個學生是很好的訓練，同時對學術界也是不錯的模式，他們以一個社團匯集一時的人力，完成這樣的作品，我相信一定會引起廣大的迴響和共鳴。

這本書體例有序，文辭暢達，有記錄性的景觀照片和資料性的圖表附錄，內容充實。但美中不足的是，第一：人文方面涉獵很廣，援引的資料龐大，但是資料援引的出處、作者姓名、發表年月沒有清楚交代，這使得新舊文獻混雜，同時文獻資料和作者研究放置一起不易辨明，容易使讀者誤會；第二：在篇幅最大的勘察紀錄部分，缺少提綱挈領的敘述，一般讀者可能因為不易閱讀而不能掌握重點。

總之，《丹大札記》的出版有其深刻的意義：第一是為登山界開創了新的里程，落實登山學術化的精神。台大登山社能將其登山見聞做全面性的記錄，印成專書，這印證了登山不只是體力的鍛鍊或是景觀的欣賞。第二是登山型態從過去單峰攀登的點，後來縱走、橫斷的線，到現在屬於面的區域性綜合調查研究，這樣的型態雖然艱鉅，但是成果可觀。第三是這樣整體性的認識對一般人、學術界或專司林務、

早期的登山者與持槍背重負的原住民嚮導一起跋涉高山溪谷。

集水區水文、自然生態、國家公園、保護區的種種機構，都有具體的參考價值。

在台大登山社出版《丹大札記》的同時，筆者也接到許多大專院校登山社團的查詢，希望能為他們推薦引介某一山區，讓他們也能嘗試這種學術化的登山，這是非常好的現象。如果各大學社團能夠各自開拓出一片調查的區域，互相砥礪，共進而不衝突，使學術登山蔚為風尚，藉著各社團的團隊精神，對每一個區域的山川完成深入的探勘，這應該是山岳界必須給予這些後進學生期待和勉勵的地方。同時我也呼籲學術界和民間企業，能夠給予這些社團精神面和實質面的支持。當然，我希望台大登山社自大濁水溪流域與丹大溪流域以來全面性的開拓與努力方向，是國內登山運動新局面的開始。

——一九九一・十二・二

認識、尊重、關懷台灣原住民

日本人藤田捨次郎在他所著的《瑯嶠》一書裡，提到一個發生在自己身上的真實寓言故事。

大正十一年（一九二二年）夏天，有一天他乘轎子穿過恆春殖產局林業試驗所（今墾丁森林遊樂區）時，忽然聽見轎外槍聲及呼喝聲大作，原來是當地「生蕃」正在圍捕野豬。

驚嚇之餘，藤田不禁勃然大怒道：「蕃人無禮，竟敢在官衙境內打獵？」聽到此言的轎夫立刻回答說：「是衙門設在生蕃的獵場內，而不是蕃人在官衙境內打獵，這是生蕃他們自己的想法。」

藤田事後承認，當時雖然沒有被獵豬的流彈擊中，但是轎夫率直的一句話，卻重重地擊中他的胸膛，使他的良心時時作痛。

西元一九九二年十月十二日，當歐美國家正在大肆慶祝「哥倫布發現美洲五百週年紀念日」時，生活在美洲的弱勢印地安原住民，也正為他們的祖居地美洲被入侵五百年而舉行哀悼紀念會。這些弱勢的呼聲匯聚成流，像當年轎夫率直的一句話，敲痛了世界的良知，迫使身居優勢地位的民族，首次反省自己不自覺的沙文主義。

當一個強勢民族侵入弱勢民族的地盤時，主政者最先看到的是當地的產業利益：從林產、礦產、山產、水力……到現在深受重視的景觀遊憩資產，而當地住民原有的生活型態，總是被忽視的，偶爾以管理者心態所施予的「德政」，竟造成啼笑皆非的後果，就像我所知道的這一個故事一樣：世居在蘭嶼的達悟族，有累積祖先智慧，適應當地天候的居所。冬天，為對抗強勁的東北季風，他們住在石造的半穴居屋裡；夏天，他們可以在四面無牆的高腳屋上，一邊工作，一邊享受清涼的海風。

大約五十年前，某個中央大員巡視蘭嶼，對當地的生活型態產生了悲憫，當即下令地方官為他們蓋些新式房舍，並要達悟人在丁字褲外加穿長褲，以免讓外國觀光客誤會政府不照顧少數民族。

於是，可愛的達悟人上山工作時，背袋裡要放一條褲子，見到警察就穿上，過後立刻脫下。啊，六月天的蘭嶼，文明的長褲哪有丁字褲舒服？

一年後，在拮据的經費下建成的簡陋水泥屋，成排成列地出現了，單薄的門窗收納夏天的涼風不足，引進冬天的寒風又太過，來自屋頂與牆面的日晒，使房子像烤箱，達悟人沒有錢購買家具和修補很快就破損的門窗設備……很快的，他們找到這些房屋的好用途——用來養豬倒還合用！

其實，政府對原住民也不是不好，只不過是常常把自己的意識強加在原住民身上而已。就像日治時期的「理蕃政策」一樣，它的目的也是要管理、教育「蕃人」，使他們過比較好的生活。

當時，日本政府花費大把銀兩和龐大人力，在台灣高山上開闢了許多「理蕃道路」，設置了無數「警官駐在所」、「衛生所」、「蕃童教育所」，而許多年輕的日本警察，離鄉背井地深居在寂寞的高山上，犧牲也夠大了。

一個自認為和「高砂族」相處良好的日本警官，留下這一段話：「一群布農族青年向我提出一連串奇怪的問題。他們問：為什麼要把理蕃道路開進他們的部落？為什麼要蓋水泥砲台和武器彈藥庫？還有，我們日本人究竟要住到什麼時候才走？他們的話令我啞口無言。」

結果，離開部落的不是日本人而是原住民，在往後的「遷村政策」下，高山上的原住民一波波地被遷徙安置到平地。因為這樣比較好管理，因為這樣比較不會浪費警力、教育、衛生等等資源——又是一連串優勢民族自我中心的理由，沒有人過問原住民的意願。

光復後遷村政策持續執行，同樣沒有人問過原住民的意願。一個祖居地在丹大社的布農青年憤怒地出示一張張造林地的照片給我看：「你看，這是我的舊家，造林造在我家裡！這是我祖父的墳墓，上頭也種了樹！如果有人把樹種在你們漢人的墳墓上，你們會不會生氣？」

遷回舊好茶社的魯凱族人邱金士在獨石（Menhir）旁講述祖居地的古老傳說。

作者與生態攝影家劉燕明連袂到南投縣仁愛鄉靜觀訪問泰雅族朋友。

原來住在中央山脈西部的丹大部落，被遷往東部花蓮縣馬遠村，經過幾十年，他們仍戀戀不忘自己的家園，老一輩的人曾經以打獵為名，幾度翻山越嶺回故居地探望，年輕一代民族自覺強烈的，正興起返回祖居地運動。

同樣熱切要回到祖居地的，還有屏東縣魯凱族的好茶部落、排灣族的高燕部落與筏灣部落，而七佳部落更返回「老七佳」重建石板屋聚落。

在部落間返鄉理念互相激盪下，返回祖居地以祖先的生活方式生活、以自己的種族為傲、恢復部落傳統的價值觀等等源自於原住民自我的意識，將隨著世界原住民年、全世界各種族原住民活動的推展，而獲得更多的激勵。

我的泰雅族（太魯閣族）老朋友哈隆．烏來，可以算是原住民返回祖居地的先驅。他在三十幾年前就帶著老妻哈擺回到陶塞溪畔的老家居住，自耕自織、自給自足，雖然他近年來因為年紀太大加上老妻亡故，已經被兒子強迫遷居平地而日日懷念山上的家，但是，無論如何，哈隆夫婦在山上的二十幾年時光，對於決定返回祖居地生活的人，是很大的鼓舞。

如果問：在世界原住民年，要怎麼樣表達我們對台灣原住民的關懷，我想，最好的方式就是「尊重他們的想法，讓他們自己主導自己的未來。」

——一九九三．一．三十

尋回原住民的尊嚴

——評介尼泊爾ＡＣＡＰ援助原住民計畫

尼泊爾國內有一支西藏系的原住民叫做Gurung族（古崙族），生活在喜馬拉雅山脈南側，安娜普魯那群峰腳下，海拔兩千公尺的山谷地，千百年來與世隔絕。但是，這裡兼有冰雪峰之美與獨特的人文色彩，近幾十年來吸引了一波一波的喜馬拉雅山朝聖客，每年幾乎達五萬名。

這些外國登山健行隊的來訪，無意間造成了古崙族居住環境的惡化與社會組織的退化，已引起了尼泊爾政府與外國環保人士的熱切關注。

因此，一九八五年在尼泊爾 Mahendra 國王的指示下，民間成立了一個叫做 Annapurna Corporation Area Project（安娜普魯那地區援助計畫，簡稱ＡＣＡＰ）的法人組織，在計畫執行長 Chandra Gurung 博士主持下，積極地推展了幾個具體的方案：將計畫總部移駐 Ghandruk 村，在計畫區內設置醫療網與潔淨飲用水的供應站，定期發動村民清除登山垃圾，安排原住民青年接受農具與機械的技藝訓練，指導森林與農牧的經營方法，灌輸禁獵、禁伐林木的正確觀念；大量供應樹苗給村民，造林於荒地及耕地周邊以達到森林的復舊；設計保暖與炊煮兩用的新式爐子給村民使用，以解決村民每天平均砍取兩千公斤薪材的問題，減低林地的禿化；同時還裝設小型水力發電機，使山地與平地一樣，享受到照明的恩惠。

為了支持這個龐大的計畫，經費的籌措非常重要，經費的來源是國王屬下的自然保護基金會、保護自然的世界性組織，以及各國登山健行隊在尼泊爾所繳納的入山費、利息等。

這一個深具實驗性質的計畫起動時，曾引起了當地原住民的惶恐與排斥。他們與台灣原住民一樣，懷疑政府有意在當地設立國家公園，並迫使他們放棄祖先的土

尼泊爾安娜普魯那山下是古崙族的生活區域。照片中的人是徐如林。

地，遷到平地生活。事實上並非如此。依照這計畫的宗旨，一方面要全面綠化以保護自然環境，另一方面要積極地改善山地的生活。

ACAP推動的熱忱與成果，果然說服了百分之七十以上居民的贊同，工作更加順利，而且由於ACAP卓越的成就，國內其他國家公園區及自然保護區的原住民，紛紛表示要效法安娜普魯那計畫區，在保護大自然的大前提下，希望解除生活上的種種限制，進而改善生活的品質。

尼泊爾的ACAP計畫摒棄了美國式的國家公園理念，認為「保護區應該是沒有住民的原野」這一個觀念，不適用於長久以來有古老住民的地方。正如Chandra博士所指出的，原住民是區內生態體系重要的一環，撤走世居其地的原住民，就是區內整個自然、人文生態體系的破壞，只會造成「新開發地的新難民」！

在ACAP計畫下，安娜普魯那區內仍允許古崙族繼續居留，過他們自己的傳統生活。看起來這一個計畫完美，能夠兼顧自然保護與山地經濟生活的改善，值得我們籌劃新山地政策的參考。

但是，細看這一計畫的內容，計畫區涵蓋兩千六百平方公里的山坡地與當地四

古崙族村落都建有供行旅休息的石台，高度適中，放行李或歇坐都方便。

萬名原住民，需要大量的資金來支持，而且工作項目似乎太偏重於山地的物質建設，對當地藏系文化的傳承，卻沒有一套研究與保存的具體措施。

我們反過來看台灣山地原住民新、舊部落的情形，不難發現問題更為複雜。台灣高山原住民在日治時期昭和十三年以前，已經全部被迫移住平地或山腳，放棄了世世代代耕獵並重、自給自足的生活。他們改住平地以後，生活與平地漢人一樣，但是由於文化背景、環境的變化與適應能力問題，生活水準依然嚴重落後。近年來部分有民族自覺意識的老人與知識份子，紛紛表示遷回山上重建家園的意願，如屏東縣好茶社、南投縣丹大社的後裔，都是較顯著的例子。

因此，當前台灣原住民所面臨的問題，主要是平地生活的改善、山上部落遺址的保存、還鄉定居的可行性，以及民族傳統價值觀的重建等。

日治時期，日本政府曾經以計畫完善的新村與水田，換取原住民交出槍械並集體遷到平地，遷村計畫完成後，也曾經向原住民徵詢意見：有沒有繼續留居平地的意思？有沒有人想回山上？結果，大部分的原住民都贊成回到山上重建家園。他們所持的理由是什麼呢？

這些遷居平地的原住民一致認為：「在山上部落過祖先的傳統生活比較健康舒適，何況槍支是祖先所傳的寶物，與自己的生命一樣貴重。山林生活無論是播種、收穫或狩獵，都有友愛、互助、分享的快樂。反觀平地，雖然物資豐富，但是如果沒有金錢收入，有什麼用呢？在平地瘧疾橫行，死亡率高，而且平地五步一派出所，十步有分局，日夜在警察監視下生活，勞役多到不勝負擔，那麼這樣的平地生活有什麼好？」

的確，屬於南島語系文化的原住民，對生活方式、土地分配以及人生的價值觀，與平地漢人的想法截然不同。台灣原住民有自己的文化傳統，與來自中原的漢族文化一樣寶貴。他們在台灣居住的年代，比漢人長遠得多，是擁有原始土地權的住民，過去生活在山地的遊獵文化圈裡，只取生活的所需，因為部落的禁忌阻止族人濫捕野獸或超限砍木，幸而有原住民在山上堅守原始生活，高山的生態平衡也得以維持了幾千年。直到集體遷村以後，漢人乘隙入墾，並對山地資源做掠奪性的商業支配，山地生態與文化遺址，突然遭受了空前的破壞，才引起有識人士注意。

基於上述文化背景與現實問題的認識，我認為應該要從三方面著手：除了仿效尼泊爾ACAP方式改善原住民「現居地」的生活外，也要積極地推動原住民「原居地」的文化重建，同時要正視原住民還鄉定居的意義及可能衍生的問題。

就土地而言，局部解除國有林地的限制，讓還鄉的原住民領回祖居地，也就是舊部落的房地及生活所依賴的耕地。重建山上文化家園後，應給予醫療網的照顧、有限度的狩獵執照、自給自足的伐木權，而政府可以要求回鄉的原住民進行義務性質的巡山、防盜林、防盜獵以及維持文化傳承，如手藝等工作，作為回饋。而居住平地的原住民新生代，每年可以組織文化研習營，深入山區探訪，並直接參與文化的重建，相信這將是原住民尋回民族尊嚴的第一步。

——一九九三・二・八

海洋民族的悲歌

——記三貂社的凋落

一九九三年十一月，我又來到新社訪問。在台灣，有很多地方叫做新社，新社給人的印象應該是年輕的、充滿生機的部落，但是這個位於台灣東北角濱海風景區內的凱達格蘭平埔族部落，卻有著與社名截然不同的面貌。

新社靜靜地隱藏於台北縣貢寮鄉雙溪河近出海口的低位河階上，既不在東北角海岸公路上，也不在從龍門通往貢寮的公路上，所以極少引起人們的注意。

橫亙在部落北邊的雙溪河，似乎阻斷了沙丘與海岸林的侵襲蔓延，老舊的住屋掩映於村民手植的蓮霧、柚子樹蔭裡。雖然海岸那邊，東北季風已開始咆哮，這裡卻異常地寧靜，連紅鳩、麻雀都在樹叢上打盹。

我躑躅於部落僅有的一條柏油路上，東張西望地尋找大葉山欖與破布烏。成熟的橄欖甘甜如蜜，而破布子可以醃製美味的佐菜，但是今天我的心意不在採摘，而是想從這平埔部落特有的植物，來追尋往日部落富庶的影子。

雙溪河口的北岸，原來是新部落的舊社，古名為三貂社，現在已改名為龍門村，有一棟養老院、一座老廟和零散的漢人漁屋，與對岸大力建設的龍門河濱公園、露營渡假基地，恰成顯著的對比，更顯得被遺棄的破敗景象。海岸觀光道路拓寬到龍門舊社時，原本茂盛的大葉山欖老樹被挖走了，似乎反映著一個時代的結束。

同時，南岸河階上的新社，也受到了波及，相對於海岸遊憩帶的蓬勃發展，部落越發淒涼，老屋更加荒廢，連最後幾棵破布烏，也在部落的平埔人變賣田地、慌忙遷離的時刻，被人挖走了。

才早上十點，一個壯年的平埔人，已經醉醺醺地斜靠在餐桌，早餐的飯菜還沒收拾好，桌上桌下都有酒瓶橫躺著，雞群在桌下啄食殘飯。這種景象太突兀了，使我十分驚慄，趕快揮去原先的期待。

在我的腦海裡，古稱三貂大社的族人，可能早已流離失散，但也許有不少族人堅守於這東北角河岸的新社，應該與東部花蓮縣豐濱鄉的噶瑪蘭族新社一樣，仍然保存純粹的平埔部落型態，雖然不是富庶的，卻有平穩快樂的日子。

東北角的新社，目前只剩四戶平埔人，以及三、四戶移居的漢人。這四個平埔住戶的主人，保留著純粹的平埔血統，都姓潘，其中最年長的，已是九十二高齡。

最近剛出版的一本有關東北角人文資源調查報告書指出：「本區平埔族幾乎沒有其純粹住區，其固有的語言、風俗、習慣湮滅得無影無蹤，只能在文獻上摸索……。」

平埔族果真是消失得無影無蹤了嗎？

不僅學術調查書這樣堅定地否定了平埔族存在於東北角風景區內，甚至行政單位也已運用變更地名的魔術，徹底否定它的存在。當然，隨著人口大量流失，產業不振，連「新社」這個從清代、日治時期以來，一直沿用的老地名，也已被時代的洪流湮沒了，換來了一個與族群、地理、住民氣質不相符，也不相稱的名稱，叫貢寮鄉雙玉村，又名田寮洋街。

我們先從歷史上人類學者在三貂新社留下的足跡談起。日本治台的第三年，也就是一八九七年的春天，年輕的人類學研究者伊能嘉矩曾經來過新社。他很認真地細數當地住戶與人口，記錄了一百零六戶，兩百八十一個男子與兩百二十三個女子。當時他已經跋涉了台灣北部及東北角這邊的平埔部落，歸納地說：「這三貂社，是淡北方面各平埔蕃社中最大的一個。」伊能氏所指的三貂社，是當時倖存的新社，其他「各平埔蕃社」，都是他親自查訪過的，包括淡水河口的八里坌社、近三芝鄉界的圭北屯社、小雞籠社、基隆與和平島的大雞籠社。

清代赫赫有名的三貂社，在《台灣府志》裡記載南仔吝、舊社、福隆、遠望坑等四社名，合稱三貂社，也就是西起古稱「南仔吝」的南雅澳、原稱「舊社」的龍門村，東至今日已成福隆海水浴場的福隆舊聚落「挖仔」（讀音 Wara），以及內陸方向，今日已成為草嶺古道起點的「遠望坑」。

依照伊能氏在一百年前的調查，三貂社流傳著祖先登陸台灣的口碑傳說：古時候，平埔族從海外漂流到台灣島，他們登陸的地點，就在舊社，它的近旁是雙溪河出海口，淡水與淺灘提供了漂流者安心登陸的優越條件。

從口傳的登陸點及部落的地理分布來看，泛稱三貂社的凱達格蘭平埔族，幾千年來就占居從鼻頭角向東延伸到三貂角這一片擁有廣大淺水灘的大海灣。這大海灣，世居其地的平埔族以及後來移居其地的漢人，都把它叫做洩底灣、澳底灣或三貂灣。

廣大的三貂灣位於東北角風景區的精華地帶，自從披上了觀光遊憩的新衣後，有各種水上活動、水中浮潛、露營、輕航機等海、陸、空的活動設施，可說是炙手可熱的遊憩新據點。尤其是鹽寮以東到福隆的三公里海灘，細沙呈金黃色，並有一座高聳的「鹽寮抗日紀念碑」豎立在那裡，吸引了無數的遊客駐留。

原來，幾千年來在這片黃金海岸以漁撈為生的平埔族，在兩百年前，也就是清嘉慶九年，因為海盜蔡牽登岸侵襲他們的部落，以及隨後而至的漢人欺壓（雖然平埔人善待了在此準備入宜蘭拓墾的吳沙等漢人），被迫從澳底、舊社、挖仔退到現在的新社位置。

其實，離開了海岸故居的平埔人，並沒有放棄傳統的生計。他們使用每組三艘艋舺舟，以古老的焚寄網方式，繼續在近海進行漁撈的工作，最多時海面上有七、八十艘小船，船上的漁火映照三貂灣海面，如夏夜星空。他們後來也在雙溪河下游開墾荒地，維持半耕半漁的生計。

只有一件事，使遷居新社的平埔人，再度與祖居地的三貂灣，發生了緊密的關係。

一八九五年五月二十九日下午兩點，在三貂灣的平埔漁民，目擊了黑壓壓的戰艦停泊於海灣外圍，不久，幾十艘小艇像飛箭似的向海灘齊發。穿著怪異的「鬼仔兵」紛紛跳下小艇，把驚嚇的平埔人抓起來，命他們背負小艇上的軍官，涉潮水到沙灘。

原來與世隔絕、天高皇帝遠的平埔人，做夢也沒想到這些奇怪的入侵者，竟然是日本的「台灣征討軍」近衛師團，是來接替清廷的新主人！

談起這件改變台灣歷史的大事件，舊社與新社的耆老，不約而同地說：「日軍登陸三貂灣後，如入無人之境，大軍開進山區的瑞芳時，才第一次遭遇到清軍的抵抗——鹽寮根本就沒有抗日的戰爭，平埔住民絲毫沒有受到傷害。」

在新社，我訪問到了七十七歲的潘玉惠女士。潘女士很客氣，含蓄地說她不僅擁有平埔族血統，也是目前部落裡最懂平埔語的人。但是當我請她說幾個特定的平埔語詞，以對照日治時期學者採集的紀錄時，她顯得很不自在，因為她所知的平埔語還是有限，而且她幾乎不敢相信，今天還有人熱心向她請教平埔語。

她最感到惋惜的是部落裡的女巫，兩個月前才去世，目前再也找不到比她更懂得平埔語的人了，而且只有這位女巫才懂得平埔族祭祀儀式與舞蹈。我遺憾來晚了一步，無法訪談這位國寶級的平埔女巫。

「幸而您還記得不少的平埔語單字，而且已口傳給幾個子弟，不然，一直保存到今天的平埔語，豈不是要失傳了？」

其實，我這種口吻太樂觀了，眼看北部三貂社的古老語言，已逼近完全消失的最後一刻！

「吃飯是 Kuman，睡覺是 Lakau，錢是 Pila，錢很多叫 Pilala……」，從她的口中，我一下子記錄了很多單字，意猶未盡。

不久以前訪問過新社的東京大學語言學教授土田滋，他曾經寄給我他的大作〈台灣平埔族言語資料整理分析〉。這篇大論文，把台灣大學的前身，台北帝國大學言語學研究室淺井惠倫教授生前採集的新社平埔語錄音和筆記詳加整理、分析。今天在我眼前的潘老婆婆，嘴裡發出的平埔語音，與六十年前採集到的加以比較，竟然沒有什麼改變。

更令人驚異的，是土田教授在論文附圖裡所指出的三貂新社，屬於西起淡水河河口，東至三貂新社的海岸地帶平埔語，叫 Basai 語圈。原來，除了曾經在台北帝大念書的馬淵東一教授以外，其他學者都認定這一帶的平埔族屬於凱達格蘭族，但土田教授依據語言學的立場，把原稱凱達格蘭族的北海岸平埔族，改稱 Basai（巴賽）族，所以老婆婆所講的，也就是巴賽語。

我跟潘女士說早上看到一個酣醉的村民，她無奈地說：「我們新社，原來就叫做蕃社。年輕人白天到外地工作，回家來，就酗酒得很厲害。蕃仔都愛喝酒啊！」老婆婆現在與兒子居住在一間規模很大，但已相當破舊的老家。門前凋謝的盆花、靜悄悄的庭院、有精神障礙的兒子，加上白天附近仍有酗酒的人影，加深了我的傷感。

換了一個晴朗的日子，我又來到新社，訪問九十二歲的潘安輝先生。這一天是禮拜天，剛從國小校長職位退休的兒子潘耀璋，回來陪伴老人家過一個週末。

談話中，老人直率地自稱「平埔蕃」，他講得那樣自然，潘校長與訪問者也沒有介意。潘老先生的身體還硬朗，他說部落中很多住戶都已遷離祖居地，跟他年輕時一度遷到基隆一樣，平時很少回老家探視，以後大概也不會搬回來了。古人有葉落歸根的徹悟，這應該是潘老先生心境的寫照。他忽然說出了一件令我吃驚的家族往事：

「我的祖母曾經被帶到台北帝大，在那裡，研究平埔語的日本教授做了詳細的語音記錄。大概停留了一個禮拜吧，她老人家回來的時候，很興奮地說，她在研究室裡聽到了『南洋土蕃仔話』，竟然和她的平埔語一模一樣！」

土田滋教授的論文，已經證實了潘老先生和他祖母的話，一點也不錯。原來，在一九三六年的十月到十一月，當年在台北帝大擔任語言學教授的淺井惠倫，曾經把七十五歲的潘氏腰請到台北的研究室，在一個月的錄音、研究期間，淺井教授從她的口中，錄下了將近兩千個巴賽平埔語的單字與片語。

潘氏腰當時被認為是新社「最後一個言語傳承者」，但是本人已老邁無法行走，淺井教授每一次都特地用轎子遠到新社接送她。她也不負所望，唱出很多支三貂新社流傳的歌謠，包括〈悲歌〉、〈男人之歌〉、〈遊歌〉、〈Tarak Tama 歌〉、〈熊之歌〉、〈一家人之歌〉、〈福州行之歌〉等，讓教授用老式的唱盤錄下巴賽語原音和旋律。唱盤現在保存於日本東京外國語大學言語、文化研究所。近年來陸續「出土」的新社平埔語彙和原音的平埔歌謠，無疑地已成為研究台灣南島語族，尤其是平埔族的無價瑰寶。

許久以來，被外界判定為已「絕滅」或「消失得無影無蹤」的三貂社後裔，現在都健在。面對著這些平埔後裔，看了土田滋教授整理出來的，有豐富內涵的語彙，我心裡渴望著將來有一天，能夠把潘氏腰老婆婆親口唱出的歌謠，從唱盤移到三貂社子弟的嘴裡，讓族人重新練唱，在復古的三貂社祭典中唱出來。

潘老先生說新社的平埔族，與金包里、福隆挖仔、基隆和平島等地的平埔族是同族，也維持姻親關係。這一點，也在一九〇二年台灣總督府囑託平塚半次郎的調查報告中給證實了。

那一年，平塚氏就「基隆廳管內的熟蕃」，做了全面性的調查。當時他訪查的結果，得知三貂舊社的平埔族，遭受了海盜與漢人的雙重侵掠與壓迫，倉皇中退出海岸，走進雙溪河，建立新社。平塚調查的時候，只剩四十八戶，兩百餘人。

據當年的口傳，「基隆、金包里、三貂的三社，原是三個兄弟，分居的結果，長子住金包里，次子住圭蘭社，三子住新社。這三社的族人是從海外 Sanasai 漂流到台灣的。」我想這一則傳說，對於研究東北角族群的關係，很有價值。上面所提到的 Sanasai，又稱 Sunasai，是現在的綠島，是平埔族從海外漂流到台灣以前，曾經暫居之地，而金包里與圭蘭社，分別是指金山的金包里社與基隆的大雞籠社。

新社的族人，既然是屬於平埔族的一支，部落原來就有頭目。根據平塚氏的調查，第一代頭目名叫太郎肴，第二代頭目是多老佛，分別是在清乾隆五十九年與嘉慶八年選任的。光緒十五年選任的潘金山是第十五代頭目，也許是因為曾經嚮導過日本征台軍攻打清軍的事蹟，或者是因為他是末代頭目，自從他去世後，新社就已開始衰落了，頭目潘金山的大名與事蹟，依然深深地留在部落後裔的記憶中。

三貂社末代頭目潘金山的孫女潘金珠。（一九九四年攝）

其實，部落衰落的腳步，比想像的還要快得多。明治三十年（一八九七年）伊能嘉矩記錄了一百零六戶，五百零四人；而五年後即明治三十五年（一九〇二年），平塚半次郎調查時，已減到四十八戶，兩百多人；一九九三年的今天我來時，已經減少到四戶，怎麼不令人擲筆長嘆！

依照伊能氏的調查，三貂社當年是分布於整個北海岸與東北三貂角各平埔部落的祖社，也就是他所謂民族的「第一形成地」，族群在其後的各年代裡，分批從祖社向西遷徙，繁衍到淡水河的流域，那是何等茁壯、繁榮的日子啊！

根據一九〇二年的調查，北部海岸與東北角這邊的平埔族，昔日生活富庶，一年到頭都有各種名目的祭典。每逢佳節，都在部落的中心，大廟埕上聚集社眾會飲、跳聯手舞，還有鬥走競武（賽跑）的儀式，謝神並娛樂自己。

社內造船時唱〈作舟歌〉，修葺茅屋時唱〈修葺茅屋歌〉，割稻子時唱〈割稻歌〉，飲酒時唱〈飲酒歌〉，充分顯示樂天知命的民族性。

調查中最令人印象深刻的記載，是每年陰曆七月十五日，金山、福隆、基隆、三貂等地的族人，同時在海濱舉行烤豬祭祖的儀式，以紀念祖先從海上漂流來台灣的往事，在火光中，族人齊唱〈Pu．Babui祭歌〉（Pu是火烤，Babui是豬）。這時候，從台灣最北端的富貴角到最東端的三貂角，沿岸處處烤豬的火光映照海面，是平埔族全盛時期，繁榮與歡樂的最佳寫照，而這一個歷史畫面，距今還不到一百年！

當年新社內的善歌者潘鴨母所吟唱的〈三貂新社之歌〉，日本學者曾經記錄了原來的語音，幸而被保存下來。歌詞大意是這樣的：

父母很操心兒子的婚事，
幸而找到了好女子做匹配，
但是，當做聘金的銀子在哪裡？
哦，在家裡。
又找到了一個媒人，
按照古俗節約聘金。
今天是結婚大喜的日子，
親家花了一整天去迎親。

希望新人對我們親族兄弟柔順，
這樣才會博得好名聲；
也希望新夫婦賢慧又和好，
不要笨拙，要勤奮工作！

想像中的快樂歌聲戛然停止後，我回到了冷酷的現實環境。一個酒氣沖天的平埔人憤恨地說：

「漢人已經侵占了我們的土地、我們的海洋，強迫我們遷離海岸，再也不能從事漁撈。男人都失業了，女人扛著畚箕掃公路。幹！……政府沒有經過我們的同意，就在部落範圍裡，設置第九公墓。我們平埔人是最怕死人的，住在公墓邊，每天出門都要看到墳墓，大家都巴不得趕快遷離我們的新社。……部落從最興旺的兩百多戶，一下子敗到現在這樣。你說，我們這裡還有希望嗎？」

一百多年前，漢人為了要侵占平埔人的土地，常常趁夜把死貓、死狗的屍體，丟棄在平埔人的田地裡，觸犯平埔人的禁忌，逼使他們放棄家園。沒想到直到近代，

三貂社的凱達格蘭族消失了嗎？沒有。圖為新社潘火炎（左）與潘耀璋（右），背後是大葉山欖。（一九九四年攝）

這幕歷史又在三貂新社重演了。

是的，光復後林林總總的調查研究報告，對東北角所提出的人文資源，只涵蓋「草嶺古道」、「鹽寮抗日遺址」、「燈塔」、「寺廟」、「舊厝」。除了這些漢人的史蹟，就把本地原有的主人——凱達格蘭平埔族一筆抹殺了！

東北角風景區本來就是平埔族的生活天地，今天，族人仍然活在區內的新社，古老的聚落、語言以及少許的古俗，仍綿延著。現在雖然在錯誤的政策下，人丁凋零，但是，至少不要讓雙溪口的新社現址，成為露營、泛舟、帆船碼頭規劃下的犧牲品，應該給這僅存的、可貴的南島語族、海洋民族，設置一個小小的文化保護區，讓流落在外的平埔人，以及有平埔血緣的後裔，有個祖居地可以回歸！

在冬日晴空下，新社的草木欣欣向榮，參天的老樹遮天蔽日，益發顯得大樹下部落老屋的衰敗與淒涼。退休的潘耀璋校長扶著九十二歲的父親，在寬廣的廟埕緩緩地散步，這是當年數百名社眾聚集、會飲、歌舞的地方啊！

四周靜寂，兩個單薄的身影在空曠的廟埕上，顯得更加渺小了。

——一九九三・十二・廿五

尋訪月亮的腳印

穿過赤楊疏林，越過廢耕的山坡，一支布農族的歸鄉隊伍，迎著一陣一陣從郡大溪谷逆向颳捲上來的強風霧雨，低著頭，沿著獵路，快速地朝向中央山脈心臟地區，巒大山麓的故居隆凱板社（Ronkaiban）前進。

這支由二十一個人組成的隊伍，其中有十六個成年人及三個少年是來自陳有蘭溪畔的豐丘村；另一個布農人，則是多年來一直推動布農文化發展的杜石鑾，他的部落遠在花蓮馬遠村，與祖居地整整隔著一道中央山脈；而我是唯一流著不同血液的平埔族後裔。

挾著狂風而來的細雨，像冰冷的牛毛針一樣刺著臉頰，四周一片霧茫茫，只有雨布在狂風中的劈啪聲，一直伴隨著隊伍前行……。

走在最前頭的是六十七歲的全所哲牧師（Biad Takefunan），他對於細雨狂風毫不在意，不但沒有顯現任何老態，相反的，他精神奕奕，腳程也特別快，對這次的歸鄉之行，表現得像年輕人初次赴約那樣地興奮。

原來，年輕時不只一次隨長輩返回祖居地探視的全牧師，今天是第一次帶著兒子全慈祥（Tiban）歸鄉。在清華大學任教的兒子，已然繼承了他的心志，三十五歲的全慈祥，同時也是布農族文化發展協會的會長。

「十二歲的時候，我與族人離開故鄉，遷村到豐丘。在日治時期山地部落的強迫遷村計畫中，我們的隆凱板社因為位在深山，一直到昭和十三年（一九三八年）才被遷到豐丘，算是最晚遷村的一批。

「第二次世界大戰後期，糧食供應不足，我們在豐丘的族人都餓著肚皮，後來有人想到：我們的祖居地隆凱板，穀倉裡還藏著小米，我就隨著父輩偷偷回到祖居地，取回儲藏了五、六年的小米，讓大家度過難關。」

全所哲牧師與兒子全慈祥攝於返鄉途中。

祖居地給遷離在外子民的，不僅僅是當年那協助度過難關的糧食，事實上，近六十年來，隆凱板祖居地，一直是豐丘布農族的精神寄託，藉著它的滋養，族人才有心靈上的飽足……。

今天早晨，乘車上人倫林道以前，牧師娘在家門口為丈夫、兒子祈禱：

「神啊，我的兒子 Tiban 和丈夫 Biad，以及族人，現在要從家裡出發，前往離別五十五年的故鄉隆凱板社，路徑不好走，伏求神引導他們平安上山、平安回來，也保祐我的丈夫、兒子、以及全隊人員。阿門！」

陰霾的天空，並沒有阻斷歸鄉的計畫，即使在路上天空開始飄雨，也沒有人提議改期，二十一個人在風雨中銜杖急行，傍晚時分，帶頭的全牧師終於停下腳步，回過頭說：「部落快到了，這裡是我父親 Raun 的耕作小屋。」他彎下腰去撫摸低矮、工整的屋基堆石，告訴大家這個地方的地名叫做 Tanhiko，同時宣布今晚在這裡過夜。

這時，原來的斜風細雨，突然轉為豆大的雨勢，布農族人們紛紛卸下背囊，開始做紮營過夜的準備。在大雨中，完全沒有大聲呼喝的人，包括全牧師、這次的領

返鄉的布農族。

隊全清風村長，以及隊中的青年及少年們，像一支訓練有素的軍隊一樣，在雨中分頭砍柴、生火、架設避雨過夜用的臨時棚屋、提水、煮飯……，沒有人指揮誰去做什麼事，大家自動自發的先完成公家的事，才各自整理個人的衣物。

在工作時，我像一個旁觀的局外人，對於這樣高效率的分工合作，完全插不上手，深深地被他們先公後私的美德所感動；爾後，在吃晚飯時，我再度為他們謙讓的美德而動容。

在三十幾年的登山經驗中，經常也與布農人同行，然而他們是隊伍中的少數，砍柴生火也被視為當然的工作，所以顯現不出布農的優點。而這一次，我在二十個布農的團體裡，才真正地感受到這個民族優秀的傳統美德，並以能夠被接納為歸鄉隊伍的一員而感到光榮。

晚飯後，大雨仍未稍減，在生了火的棚屋下，牧師緩緩地說明祖先的生活方式：

「我們布農人種植小米、芋頭的地方，都離部落稍遠。像 Tanhiko 這裡的耕地，是我父親所開的，照布農語，Tanhiko 是祖社「巒大社」與「部落後面」的意思。

「卡特格蘭社」（Katoguran）都在我們部落的東邊，祖先從郡大溪東岸向西岸拓展，這片耕地位在部落的更西邊，所以說位於後面。這裡離開部落才四十分鐘的路程，還算是比較近的，有些耕地要走一天才能到達。因為耕地離家很遠，要搭建耕作小屋，屋內擺設農具、床具等，跟住家一樣。當我們發現住在耕地比較方便時，就把家族接過來住，自然就與部落分離了。因為人口增多，也為了擴大生存空間，所以部落分裂成大社、小社，人口也有移動的現象，這是一種自然法則。假如不是因為集團遷村，我跟父親可能早已選定在這裡建立自己的家園了。」

大雨仍然繼續下著，棚屋內巨大的柴木燒得正旺，暖和的空氣在周遭盪漾，把身上溼冷的衣物烘得又乾又暖，牧師繼續談起耕作的方法：

「我們燒墾的山坡地，只占廣大山區的一小塊。先種小米，從播種到收穫只要五個月，有了兩季的收穫後，就要讓耕地休養，因此改種 hannoki（赤楊），成林後砍掉當柴燒，再整地種植紅豆、綠豆、花生等豆科植物。豆類收成以後，留下枝葉做堆肥，然後重新播種小米。第一季的小米因為土地肥沃，顆粒大，味道特別好。這就是祖先所垂示的輪耕方法。當然，我們不隨便砍伐原始林。森林提供野生動物棲息地，也保護山上的家園。」

我對明天的天氣有些擔心，霧雨會遮住我們的視線。看起來，牧師對天氣的變化，視為家常便飯，只是遺憾天候不佳，可能無法去隆凱板社附近溪邊的「月亮的腳印」探訪。月亮的腳印？我以為是個神話故事而已，想不到真有其物，牧師開始講述這個「真實」的故事：

古時候，兩個太陽高懸在天上，日夜照射而且陽光熾熱，地上的布農族晝夜受到太陽的煎晒，難以生活。於是，部落裡的一個勇士，用強弩把其中的一個太陽射下來。太陽被射中後頓失光芒，變成一個蒼白的月亮而掉下來，剛好落在隆凱板社附近的溪邊。

月亮坐在一塊大石上，蹺起二郎腿，手指沾一點口水，就輕輕地抓起一個部落的人，也就是我們的祖先。月亮對他說：「從今以後，每逢月圓及月缺的日子，都要舉行祭典。」所以，我們部落每月的月初和月中，都有祭祀活動。

月亮所坐的大石頭，中央凹陷，形狀就像一張椅子。他蹺起了二郎腿，所以椅子下面只有一個腳印。

我們部落傳說：只要久旱不雨，社眾就讓從外地來的人，潑水到月亮的腳印上，天就會下雨；反過來，久雨不晴時，也讓外地人，在腳印上生火，這樣就會放晴了。

說著說著，夜已深了。大雨也不知何時停歇了，樹梢上不時傳來飛鼠「嗶——」的哨音，激動了布農人原始的獵人血液，年輕人根本無法入睡，一個個踅出棚屋，投入幽深的國度。

早晨起來，天還是陰沉的，大氣又悶又潮溼，似乎快要下大雨的模樣。這一天恰好是禮拜天。出發以前，牧師帶領大家做了一場嚴肅的禮拜。全體布農人首先合唱了《布農語聖歌集》裡第十七首〈歡喜之歌〉與第一七〇首〈葡萄樹〉，牧師接著用布農語講道：

「跟在平地一樣，我們在山上也做禮拜。神的愛也在山上，神的愛無處不在。

做禮拜，不只是讚揚神對世人的愛，也是一種團結的表現，是一種道德的訓練。跟神愛世人一樣，我們每一個人都要愛世人，如同自己的兄弟姊妹。希望平時很少去教會的人，回到平地以後，能夠跟現在一樣，常常到教會來做禮拜，跟神同在！」

雖然滿地都是飛鼠啃食剩下的果屑與落葉，顯得有些髒亂，但是在這個臨時搭建的小屋前做禮拜，每一個儀式都不含糊。

翻過一個溪崖、三道支稜後，終於到了隆凱板社。部落建立在一個圓頂的山頭上，附近的大山都隔著河谷，隱退在一旁。部落面向東方深邃的郡大溪谷，有支流迴繞著。由於沒有大山的阻擋，向陽的山坡日照充足，適於農作物的生長，而且由於在一千四百二十公尺的中海拔高度，經常有雨霧滋潤，不需灌溉水，也能種植小米、玉米等農作物。

放眼望去，只能看到一棟棟廢棄的石板屋，散落於山坡上的灌木叢裡，經過五十五年歲月，旱田消失了，石板屋的屋樑也早已坍了，只剩石牆。牆壁上面爬滿了藤蔓植物，屋裡屋外茅草高過人頭，景象十分荒涼。

我跟在全牧師父子的後面，從大門走進去，門口兩旁豎立著一平方公尺大小，

回到隆凱板社探望蔓藤與茅草密覆下的石板屋。

黑亮的石板，左邊門門的通隙，還遺留著半腐朽的木質門閂。屋壁高大，都是用手工將石片很工整地堆疊而成，歷經長久的風雨，仍屹立著。牧師指著這間二十五坪大的石板屋，說：「這是我們的老家。祖父現在安息在屋內。我的祖父和父親都是頭目，所以房子比較大。」

他又指著靠近後壁的位置，說：

「我們布農族一向有積穀五年的習慣，這裡就是我們的屋內穀倉。當年我隨長輩回祖居搬運小米救急時，出乎大家意料之外的，是我們的穀子都完好如初，除了有一點陳舊的味道外，一點也沒有遭到鼠咬蟲蛀，更令大家驚奇的是這種儲藏多年的小米，煮食時，只要一把就能漲成一整鍋。」

我們三人駐足於屋內中央。牧師開始用布農語喃喃低語。Tiban 告訴我他父親重複地說：「雖然離開老家很遠，但是幾十年來心繫故鄉，願意向祖父保證，兒孫一定會常常回來探望，請老人家放心。」父子兩人隨即拔出番刀，把屋內的茅草砍除，但是並沒有清除茅叢根部。

我覺得很奇怪，怎麼不清理乾淨一點？牧師解釋說：「茅叢除盡以後，野豬可能會來挖掘地板。」原來，祖父生前很受社內同胞愛戴，去世時遵照傳統的屋內葬習俗，埋在屋內靠近門口的中央位置。

屋內葬的動機，是許多原始部落慈愛的表現。男主人死後埋在屋子中央，妻子埋在床下，而小孩因病夭折時，埋在屋內的火爐邊，目的無非是要讓靈魂跟生前一樣，繼續享受屋內的溫暖，免受外面風雨的吹打。家人吃飯時，也放幾粒飯或一塊肉片在地上，以孝敬祖先。

「祖父去世時，我父親在屋內挖兩尺見方、八尺深的土坑，遺體下葬後覆土五尺，上面再蓋上一塊石板。石板上可能刻下了記號，不過，一般都不這樣做，家族代代的口傳，可以避免重複埋於同一個位置。」牧師解釋過以後，我補充說：

「依照日本學者的實地研究，布農人的葬法叫做蹲踞葬，親人死亡後通常趁還有體溫時，用籐條綑綁全身，使雙腿屈曲於胸前、雙手抱膝，跟蹲踞的姿勢一般。身體僵硬以後，再用番布緊緊地包裹，葬在屋內。坑底也放一片石板，上面鋪上一塊番布，再放遺體。死者生前的番刀、衣物都一起陪葬。」牧師頻頻點頭稱是。

「我很高興認識您這樣的人，能夠用心又細心地研究布農文化。希望我兒子

Tiban不要忘記祖先遺訓，還有即將失傳的文化習俗。你看，這塊石板上面，本來放著一個木臼，讓舂小米時發出的『咚！咚！』聲音，分享給埋在下面的祖父聽。」

屋子前面，還遺留著當年用以釀酒的大鐵鍋，據說是早期山上煉製樟腦所留下來的。部落離開溪源很遠，卻看不到引水的竹管。牧師說早期的年代，馘首的風氣盛行，引水的竹管往往成為敵對部落偷襲的線索，所以都用竹筒從溪邊背水上來。平時接雨水就夠用，但是結婚、節慶的日子，或者要釀小米酒時，需用大量的水，就把大麻竹截成五尺長的竹筒，打通竹節裝水，一端的切口是斜形的，方便接水與倒水。直到晚近的時期，婦女都不敢單獨背水，因為隨時都有遭受馘首的危險。

Tiban在屋裡東摸摸、西摸摸，忽然發現一個用銅絲盤繞而成的手鐲，相信這是他曾祖母生前放置於石牆空隙裡的。把貴重物品藏在家中石縫是布農族的習慣，因為這個古老習慣，多年後讓返鄉的子孫藉由一個銅鐲，與祖先取得了聯繫。

雖然主人離去近六十年，家園附近的柿子、紅肉李子、晚侖西亞橙，還有原生的枇杷，依然生機盎然，結實纍纍。Tiban又在橙樹下，找到了一把斧頭，斧柄早已腐朽，這應該是曾祖父的生活用具吧？

拜謁了祖居後，布農青年繼續向郡大溪下降，準備在溪底獵寮過夜，第二天溯溪去釣苦花魚，順便探尋「月亮的腳印」。

牧師、三個少年和我與青年們分手後，重回 Tanhiko 小屋。這一夜，在明滅的篝火照耀下，我們仍然沉醉於實現了歸鄉謁祖的快樂氣氛中。牧師很興奮地說他決心帶兒子回深山中的祖社，動機跟多年前帶著妻子前往北婆羅洲，傳道十年的心境一樣。因為北婆羅洲砂勞越的伊班族土語，與同屬南島語族的布農語很接近，向伊班族傳福音，也出於對同胞的熱愛。這次重歸布農族祖社，不只是看看老屋而已，從更深的一層意義來說，歸鄉的基本動機是尋根，確認自己是真正的布農人，無論是北婆羅洲或是隆凱板社、巒大社，都是布農族的根。

「五十五年的思念，其實不算長，因為祖先在隆凱板社已經住了兩百多年，歷代祖先對家園一草一木的眷念，遠比我們深刻啊！我們思慕山上的家，也思慕在老家石板下安息著的祖父和曾祖父。

「……我已經老了，我的兒子以後會常常回隆凱板社，回 Me・Asan（巒大社），相信他對故鄉的思念，會跟我一樣，隨著年紀有增無減。」

第三天，在溪底過夜的布農青年都回來了。他們說郡大溪的苦花魚不畏人，多得不得了，但是溯溪尋找「月亮的腳印」，卻放棄了。溪水洶湧，溪畔的獵路嚴重坍方，非常不好走。

在歸途中，我跟 Tiban 走在一起。他已經把我當密友傾訴：

「還沒成行以前，我在平地常常夢見山。山代表祖先的故居，代表祖先的呼喚。我一直在想像隆凱板是什麼樣的地方？曾祖父在那裡過的是什麼樣的生活？他們的生活智慧是什麼？

「第一天上路就下雨，一片迷霧籠罩下趕路很累，覺得山上部落的生活，真不容易。我一邊走一邊觀察，發現在這樣惡劣的生活條件下，最重要的是要學習『勤快』。路途竟然這麼遠，遠離富庶繁華的平地，只能以勤奮的工作來克服一切。

「抵達時，天氣突然放晴，我親眼看到了當年的石板屋，還有祖先手植的果樹，山坡上氣候涼爽，日照充足，相信曾祖父如果還健在，他老人家絕不會遷到豐丘的。

「山上的生活很單純，感情也純一而豐富，家家戶戶和睦相處。雖然我們布農人住的是散村型，彼此的距離很遠，但是就因為這樣，人與人之間的感情，拉得更近、更親熱。我決心跟我的族人，合力整修歸鄉之路，重建石板屋，也照顧耕地與森林，讓將來自己的兒女能夠隨時回來探訪。我們也歡迎平地的朋友來訪問，來了解布農文化。」

我一邊傾聽 Tiban 對未來的計畫，一邊跌入我自己的思慮裡。不管是「月亮的腳印」、Me．Asan 祖社，或是離開主人一甲子，但仍屹立如初的隆凱板社石屋，這些對外地人來說只是學術研究的對象，但對布農人來說，卻是最直接的心靈上的寄託。現在的布農人，雖然生活在族群離散、缺少文化省思的現代社會裡，很幸運地，仍保有一絲希望，一顆歸鄉尋根與重建文化家園的心，這樣的民族，是絕不會淪亡的。

深夜裡，在豐丘基督教長老教會的院子，七個布農老人與我一起圍坐著，談論隆凱板當年遷村的情形：

「昭和九年起的山地部落集團遷村政策下，隆凱板社是最後遷村的，因此留下較完整的石板屋。當初遷村的命令下來時，我們部落的人也曾經密謀反抗，卻被卡特格蘭社的姻親及時制止，我們因而被視為肯合作的部落，才幸運地被分配到

Saliton（豐丘）這塊平坦肥沃的土地。

「遷到平地以後，我們從豐丘到水里買日用品，都要坐台車。台車快速地穿過香蕉園，這時候，我們布農人都用手抱頭，顯出害怕的樣子，惹得平地人大聲嘲笑。原來，我們把香蕉的紙套，看成虎頭蜂窩！最初，我們也像在山上的時候一樣，種小米和地瓜，後來改種價格更好的香蕉，現在香蕉也不種了，我們種出來的巨峰葡萄，享盡了盛名，但是因為最近檳榔的價格好，又有部分的人改種檳榔……，其實，我們在經濟條件愈來愈好的時候，反而覺得心靈空虛，更加懷念在山上的部落生活。我們特別懷念共享的風俗，即使是殺一隻雞，部落的每戶人家也都能分享到一份。我們喜歡吃山羌、飛鼠肉，更懷念在山林追逐野獸的日子，如今這些都已經成為過去了……」

圍坐的老人家追憶往日的情景，眼眶微紅，嘆息聲比談話聲還多。

八十九歲的 Nitto Sokkulman 老人，突然激動起來：「唉，隆凱板並沒有那麼遙遠，只是我們身體愈來愈衰弱，不知道哪一天才能重回故鄉！」

在一陣令人難過的靜默後，八十一歲的 Biad Takəfunan（與全牧師同名），輕輕地帶頭吟唱當年隆凱板社的〈小米播種祭之歌〉（Mapinan Mado），其餘的老人，很自然地以布農族特有的古老合音，跟著主旋律唱出：

把山豬的肩胛骨十片
串連起來，壓在小米上。
祈禱土地的精靈照顧小米的成長，
祈禱來年小米大豐收，
祈禱穀倉裡的小米永遠堆滿，
祈禱大鍋的小米飯永遠吃不完！

是啊，在那山上的老家，穀倉曾經滿盈，五年也吃不完，美好的日子、美好的回憶和如今荒頹的祖居啊，衰老的雙腳無法像年輕人那樣走著回去探望。今晚，就藉著古老的歌聲，讓戀家的夢魂悠緩地飄向故園罷。

——一九九四・三・廿六

山岳民族・布農族

——台北國父紀念館演講紀錄

今天向各位報告怎樣認識台灣的山岳民族——布農族和布農族文化，我準備從過去的情況來說明、分析文化特徵。現在先談族群的分布。

昭和十四年（一九三九年），台灣總督府曾經統計過全台灣的原住民共有六百三十三個部落，其中布農族有六十個，人口有一萬八千人（現在已接近四萬人），原來分布於中央山脈的中部。在以往的年代，布農族是山岳民族，其特點是分布的面積最大、人口密度最小、分布的高度最高（海拔一千公尺到兩千兩百公尺）。因為長期居住於高山地帶，部落間的往來都要跋山涉水，所以平時活動力很強。通常海拔兩千公尺以上的地方，屬於高寒地帶，不適於人居住，而且小米的生長，應該在海拔一千公尺上下的高度最佳，超過兩千公尺的高度無法維持正常生活，所以他們選擇氣候涼爽的中海拔地帶生活。不過，日治時期執行過集團遷村計畫，所以光復以後，我們就很少在高山原居地看到他們的蹤跡了。

其次，我要說明在歷史上布農族各群的遷移。布農族在十八世紀初曾經從濁水溪中、上游一帶，也就是南投縣仁愛鄉南半部及廣大的信義鄉的山區，向東部的太平溪、南部的拉庫拉庫溪、新武呂溪、荖濃溪、台東鹿野溪移動，這是縱向的民族移動。泰雅族也有大規模民族移動，他們向東部立霧溪、木瓜溪、大濁水溪等，做東西方向移動，和布農族不同，不過年代差不多一樣。

現在我們要將布農族和泰雅族的分布界線說明一下。台灣西部以埔里、霧社為界，東部則大致上以秀姑巒溪為界，北部是泰雅族的地盤，南部是布農族的地盤。泰雅族最南邊的部落是萬大社，與布農族最北邊的部落干卓萬社接界。不過，由於台灣總督府開始實行集團遷村，也就是昭和八年至十二年間（一九三三年至一九三七年），部落紛紛遷到山麓地帶。日人預先在山麓地帶尋找可耕地，規劃好農地與住屋，同時教導原住民水田耕作方法，使遷到平地的原住民能夠有新的生活方式，結果大大地改變了布農族傳統的生活習性，原來在山上所做的燒墾旱地、種植小米及部落生活，遭受了極大的改變。

布農族，Bunun，原是「人」的意思，「布農」是它的譯音。日本學者研究他們口碑傳說，發現布農族所指稱的祖先之地，叫做 Lamongan，是南投縣竹山以北的社寮或名間，祖居地位於河邊的台地，土壤是紅土，長著很多檳榔樹。在最初的年代，族群從濁水溪下游溯行至中游，在支流卡社溪的流域形成卡社群和卓社群，繼續有部分族人向上游地帶的丹大溪、巒大溪、郡大溪移動，分別形成丹社群、巒社群和郡社群。

布農族的移動都是武裝移民，平時都佩刀、執槍以白衛。當他們再從上述各支流做第二次的大移動時，沿途都遭受他族的抗拒。他們移動到拉庫拉庫溪時與強悍的阿里山鄒族遭遇而引起爭戰，再南下則分別受到東部好戰的卑南族及西部南鄒族與魯凱族萬斗籠社群的猛烈攻擊，經過爭戰、講和、訂和約的過程才安居於南部。

布農族為了爭取更廣大的生存空間，在歷史上發生過無數的悲慘事蹟，可惜到現在一直沒有人把這種血淚故事寫下來。

布農族當年從濁水溪下游向上游遷移的原因，是因為他們原屬於種植小米、狩獵為生的民族，他們把高溫多溼的氣候、易生風土病（瘧疾等）的平地，視為不適於族人生活的惡劣環境，所以遷徙地仍然是中海拔的涼爽地帶，不但可以種小米、狩獵，也能夠避免風土病的感染。他們遷離近平地的濁水溪下游，早於漢人入墾以前，所以並非漢人所迫。

曾經有一次，日本政府安排南部的布農族和北部的布農族去台北觀光。當時南部的布農族看到北部的布農族，就緊緊地握著對方的手說：「啊，你們是從我們祖先的故地來的。」表現出不勝懷念的樣子。

在日治時期，布農族的抗日活動最久，所付出的代價最慘烈。例如發生在昭和五年（一九三〇年）的賽德克族霧社事件，日方動員了大批軍警敉平抗暴活動，然而竟然在兩年後，又在今南橫公路前身的關山越嶺古道上，發生布農族大關山事件，日警被殺害。其實早在大正四年（一九一五年）起，就發生過著名的喀西帕南

布農族協助作者尋獲曾經死守伊加之蕃（地名）抗日的拉馬達仙仙一族最後根據地。

事件與大分事件，布農族攻擊玉山背後的日本警所，焚燬警所並殺害日警，為了逃避日警的大規模圍剿，族人從東部翻越中央山脈，到荖濃溪上游玉穗社（Tamaho）海拔一千四百八十公尺的地方，死守抵抗。另有拉馬達仙仙一族也因為大關山事件，被追剿到其死守之地「伊加之蕃」（地名），海拔一千八百九十公尺。直到昭和八年（一九三三年）被招撫歸順以前，這些布農族死守天險，進行游擊戰抗暴達十八年。但是光復以後迄今已七十年，從沒有別人去探訪這歷史遺跡。我曾經到玉穗社和伊加之蕃實地探查，還能看到規模宏大的遺跡、焚燒過的牆柱和屋基，心中有了很大感觸。

下面列舉布農族昔日的生活方式。他們都維持散居型的生活方式，每一戶人口眾多，最多達到五十人，血親聚居在一起。這個與地形的限制和爭戰頻繁有關係。他們強悍，能耐長時間的勞動。原來，耕地和獵場遼闊，離開自家很遠，因此在山區遠處建立很多耕作小屋及獵屋，平時出門到外地，短則過夜才回來，長則一週以上始回家。他們不像泰雅族那樣呈現群雄割據的局面，而是非常團結的民族。

布農族選河階地或緩坡平台為居住地，易守難攻，而且因為近小溪取水方便。

最好的例子是像郡大溪兩岸的很多高位河階，大、小部落點綴於河階上，非常壯觀。為了應付凶年、歉收或與敵對的部落隨時有爭戰的準備，平時有積穀的習慣，貯存的小米通常可以維持五年，而穀倉設在屋內後方。尤其當年捲入抗日戰爭時，存放的小米更多。

布農族很勇敢。按照一般山區原住民的不成文法，各族群自己劃出各自的獵區與耕地範圍，互不侵犯，但是在全台灣各族群之間，敢侵入外族地盤者，包括鄒族、卑南族與布農族，其中布農族是唯一敢單人侵入外族地盤的人，由此可見他們的習性勇猛不怕死。

布農族的生活是耕獵並重，雖然是最高處居民，但是對他們來講，農事比較重要，因為我們發覺關於農耕的祭典特別多。

例如在昭和十二年（一九三七年），日警在現在的丹人林道下方的 Kaneetoan 社（加年端社）的一個祭司家中，發現一個木刻的農事兼祭事曆，驚動了當時的學術界。這個木刻月曆長四尺、寬三寸、厚度兩公分，一共有七十五個菱角刻痕，代表一年之中有七十五天是祭日。布農族信仰祖靈、土地的精靈和小米的精靈，每年每月依照祭事曆、農事曆過著有規則的生活，有開墾、播種、除草、狩獵、伐木之月，各有儀式，依序進行。他們規定某一個月可以伐木、行獵，其他月份則禁止、顯示布農族很有環保觀念，只酌量擷取自然物自用，都能夠自我節制，而且基於原始共產觀念，大家平分大自然所賜的東西。又如布農族相信小米穗有五隻耳朵，會傾聽族人所獻的祝詞。在播種前，族人唸祝詞，祈禱小米快快生長，當然小米對虔誠的布農族，予以嘉許，長得又快又大。

最有趣的是農事曆還包括「小兒之月」，這一個月誕生的小兒，不管是一歲或五歲，都被父母帶出去串門戶，接受別家的祝福，並讓小兒嚐一點酒，以後長得健壯。

下面談布農族的美德和價值判斷。

布農族相信靈魂不滅，遵守祖先的遺訓，獵首行為就是一種。他們有尚武精神，寧願死守故土，也不願被俘。在打仗時，日軍曾經檢查陣亡的布農戰士，發現有人身上沒有刀傷，也沒有中彈死亡的痕跡，這是因為打敗仗時戰士自盡的緣故。布農族愛好海闊天空的自由行動。日人曾經用狹小的木牢監禁犯法的布農人，即使供飯和茶水，通常兩三天以後就會「自然死」，不需宣判死刑或執行死刑，因為習慣於遨遊山區的布農人，失去活動就會死。

布農族很有敬老精神，認為老人應該受到優遇，雖然沒有參與生產勞動，也可以分享上肉。老人參與部族會議，在對外談判及裁判罪犯的族長、長老會議中，都享有發言權。

關於祖先的垂訓，最重要的是祖先所傳的土地及槍械，絕對要守護，不能隨便放棄。日治時期大規模的槍械收繳行動，的確釀成了叛變事件；而近年來為山地保留地問題而發生的抗爭活動，在心理上無不與祖先遺訓有關。祖訓也牽涉到宗教、農事以及生活細節，所以遵守祖訓，也就是維護傳統文化的一環。

布農族有平分獵肉的習俗。有人狩獵回來，在路上遇到陌生人，也讓他分到一塊肉（我登山的時候，碰到過好幾次）。回家後，同樣也會和部落的人分享。獵肉是以小米為主食者所依賴的營養品。

一般的原住民族都愛好歌舞，但布農族卻不善舞，他們喜歡合唱祭事歌，也唱歌謠，如搬運之歌、飲酒歌、戀歌等。樂器有鼻簫、弓琴、口琴等。

下面談集團遷村與不適應問題。

對於日治時期昭和八年左右開始的各梯次集團遷村情形，日本政府曾經調查遷村後布農人所受的影響與意見。這種調查內容，我想適用於了解今日住在山麓和平地的布農族心聲。

日警訪談遷村後的布農族，得到下列結果：

1. 布農族本來在山上從事旱地耕作，對於平地的水田耕作，不適應也不喜歡。
2. 過去在涼爽的山上居住，搬到平地後發現氣候溼熱，肉類容易腐爛，容易生病，而且有流行性感冒、瘧疾侵襲，不容易生存。
3. 原始住民過慣了自由的生活，平地五步有一個警察派出所、十步有一個分局，有日夜被警察監視的感覺。
4. 搬到平地以後，每年的祭事、狩獵都被迫取消，不僅違反了祖先的垂訓，生活步調也被改變了。
5. 失去在山林追逐野獸的快樂。狩獵是山上住民的維生活動，也有娛樂和運動的意義。遷村以後被剝奪了原來的生活樂趣。

布農族嚮導伍明道。

6.在山麓、平地，有錢也沒有用。錢財無法買到昔日在山上部落生活的快樂（不習慣於平地人「錢財萬能」的想法）。

7.大都市，甚至人口集中的鄉村，人與人之間有可怕的疏離感，不像在山地人與人之間猶如親人、友人。在平地無法重溫在山上所維持的濃厚情誼。

8.平地屋子有如監獄一般。以往在山上，即使平時的家居、活動，都從屋子擴大到外面廣大的空間。屋子只是為了取暖、睡覺、儲物而設的。遷到平地以後，日常活動局促於斗室內，又怕屋外的警察監視，活動範圍受到限制。

9.自從槍械被強制沒收以後，失去與祖先聯絡的媒介。因為失去與祖先維繫親密感情的寶物，精神很苦悶。

10.無法常常回去看祖先的墓地、獵區與耕地。就連要回去打獵，也要受到種種限制，例如要先申請槍支的借用，連子彈的數目也被限制。無法常常回去祖先之地致敬。

調查結果，有四分之三的布農族，表示願意放棄舒適的平地生活，搬回山地，但是一切已太遲了。

布農族丹社群返鄉前舉行行前祭典。

最後談光復以後政府不當的措施與應有的覺悟。

台灣光復以後，在政府不當的政策之下，族群的尊嚴和傳統文化，更進一步地遭受破壞。例如人名、部落名稱、地名、山名、溪名，全部被強制更改，改為漢人姓名，以及宣示大漢沙文主義的名稱，與傳統的文化內涵無關，甚至有蔑視族群文化的意涵。幸好一九九五年一月六日，立法院剛剛三讀通過《姓名條例修正案》，使原住民能夠依照文化習俗，保留原名。

其實所有的原始地名，仍然未恢復。原始的地名、山名、溪名、部落名稱，都與當地的地形、地貌、自然物、祖先之名、英雄之名有關。日治時期都不敢隨便更改，僅在文字上與地圖上，以部落原音標示，這種以原音保存的地名等，很值得我們效法，希望族人間的有識之士，趕快提出名稱復舊的計畫。

對於布農族及其他各族，日治時期特別重視並詳加調查過。但是，迄今日人所遺留的龐大資料，很少被翻譯成中文或編成教材普及化。五十年來，我國的學者多半從事「車子能開到的地方」調查，到深山的原住民文化遺址調查的人不多。現在最迫切的，是要用雙腳翻山涉水去做實地探訪，至少要多多鼓勵，幫助原住民知識份子，做他們自己部落文化的研究。

五十年來，國民政府的文化政策，似乎是傾向於改造原住民為漢人。現在，對原住民文化的保護和研究以及對原住民（弱小民族）的保護，已成一股世界潮流，各國都用特別立法的方式，保護母語、傳統習俗、信仰與生活方式，協助族人重新認同自己的部落文化，認識祖先是誰，重建部落廢墟。今後應喚起族人返鄉，重建山上的文化家園，透過定期的學習與觀摩，讓年輕人也能尋回自己族群的精神文化及傳統的生活技藝。

具體的作法很多，在此無法一一舉例。我覺得至少在各族群的舊部落，選一處建立一個傳遞文化的會所或傳習所，讓有意願的耆老回去住，教導定期回去訪問的年輕一輩，怎樣認識傳統的生活智慧和技能，從重新學習的過程中，建立對自己文化的信心。而這種會所應由族人自己經營，不但教導本族子弟，也接受外族來觀摩、研究；進而向各地，甚至全世界展示、交流。

回鄉的路是漫長的，只要有決心，廢墟將變成文化傳承的寶地。

當然，非屬原住民的我們，也有協助並了解其文化的責任。

——一九九四．九

三百年夢魘——台灣大自然的退縮歷程

以啓山林

五十年前，台灣的統治權剛從日本交還給中國，當時，還是中學生的我們，立刻以初學中文一知半解的程度，狼吞虎嚥所能取得的漢文書籍。記得我初次翻閱連橫所著的《台灣通史》序文，看到他描述三百多年前漢人祖先渡海到台灣墾荒的艱辛，雖然粗淺的中文程度使我無法完整了解，但是「篳路藍縷、以啟山林」這八個最常被後人引用的字，當時曾令我感動得熱淚盈眶。

腦海裡浮現的是美國西部拓荒時代的篷車英雄們，不畏艱難地挑戰大自然，以及「野蠻的紅番」，啊，我們的祖先也是這樣勇敢的征服惡劣的環境，驅除「殺人的生番」，才能夠把「美麗的寶島」留給後代子孫⋯⋯

五十年後，我已經是六十幾歲的老人了，這中間，我因為個人的興趣，有三十多年的時間，在台灣高山地區與原住民部落，從事登山、南島文化研究，以及古道調查等活動，也因此而深入至美的台灣山林，結交了許多原住民朋友，並因為調查研究的需要而接觸許多有關台灣的各種文獻。

看得愈多，了解愈多，愈加感受到所謂的台灣開拓與建設過程，實在是一連串對台灣島上自然環境無盡的掠奪與壓榨。三百多年來，所有的外來者，無論是歐洲的殖民集團、據台反清的鄭成功部隊、偷渡來台的羅漢腳們、宦遊台灣的清代官吏，或是這一百年來分別統治五十年的日本政府和國民政府，大多數都是存著過客的心態，把台灣的大自然視為商品，一面用它們來換取利益，一面又步步進逼自然的空間。

回想五十年前，我被感動的剎那，現在，反倒令我羞赧不安。如果說台灣大自然的退縮，是因為後人承襲了先祖的「拓墾精神」，那麼我真希望三百年前的先民們「未啟山林」！

Ilha Formosa!

三百多年前的台灣是怎麼的面貌？我們沒有人看過，但是三百多年前一艘葡萄牙藉的船艦駛近台灣時，船上的所有船員都看到了，他們大聲歡呼：「Ilha Formosa!」，美麗之島！這個名字一直到現在還在沿用，相信是最能代表台灣的形容詞。

台灣島，這個彷彿是浮游在太平洋西濱如巨鯨般的大島，當時呈現在葡萄牙人眼前的，想必是一片青翠蔥蘢，在每一個平坦的河口，可以看到聚居的平埔族部落，他們以射鹿、捕魚為生，在溫暖溼潤的亞熱帶氣候下，生活無憂無慮。

當時的物產豐盛到怎樣的程度？我們可以從台北盆地，凱達格蘭人住過的河岸，找到堆積如山的貝塚看出一二，著名的圓山貝塚、士林貝塚，顯示貝類隨撈隨有，多到可以做主食！我們也可以從荷蘭人據台後，第二年即外銷鹿皮二十萬張，遙測當年多如蟻聚的鹿科動物。

近山有常綠的樟樹林，深山有參天的檜木森林，生活在台灣島上，將近二十族的平埔和高山原住民，各自找到適合自己的生活天地。從挖掘的器物顯示：不同族群雖有爭戰、出草等事端，但也有互相拜訪、和平貿易的事務。

平埔族天性溫和，夫妻感情深厚，丈夫稱妻子為「牽手」，同坐同遊，終歲不知憂愁。

清光緒初年，宦遊台灣的黃逢昶，曾經寫下兩首竹枝詞：

海內如何此地溫，恆春樹茂自成村。
輕衫不怯秋風冷，終歲曾無雪到門。

山環海口水中流，番女番婆夜盪舟。

打得鹿來歸去好，歌喧絕頂月當頭。

對於台灣氣候的溫和及平埔男女快樂的生活有生動的描述，像這樣羨慕、讚嘆平埔族的竹枝詞，在清代來台的官吏或文士筆下時時可見。如光緒十二年李振唐的竹枝詞：

瓜皮艇子水如油，蛋婦山花插滿頭。
日日江邊嬉水罷，一生不識別離愁。

更是道盡了這些樂天知足的台灣原住民，歡喜過生活的天真模樣。

然而，這樣歡樂富足的日子，在一聲「Ilha Formosa」之後，就註定要結束了。十五世紀崛起的歐洲海洋國家，已經派遣船艦，聞風而來了。西班牙人占領北台淡水，荷蘭人統治南台安平，以經濟利益為重，驅使原住民捕鹿納餉、開墾草莽改種甘蔗。荷人統治台灣三十八年，連《巴達維亞城日記》都自認對台灣的野生梅花鹿濫捕過度，以至於有以下的記載：「台灣島之鹿大爲減少，長官認爲在數年之內，鹿皮應轉由暹羅、柬埔寨供應日本，對公司較爲有利。」

獵鹿外銷只是序幕，自此以來三百多年，Ilha Formosa 美麗之島，就在被掠奪、被壓榨的夢魘中走過。

呦呦鹿鳴

一九七八年冬天，我與妻子徐如林，協同台灣原住民泰雅族六十七歲的老獵人石恆柱，從台灣中央山脈能高安東軍主脊，向東沿牡丹岩山稜線往木瓜山林場而行。這是一條少有登山隊伍走過的艱困路線，沿途的景致果然不同於一般山徑。然而最大的不同，是我們在一天之中，竟然看到二十幾隻身中陷阱的鹿科動物，包括一隻僵臥在海拔三千公尺水池邊，體型碩大的水鹿，以及一連串死在山溝隱蔽處的小型鹿科動物，那就是又名吠鹿的台灣山羌。

之後，我們向林班工人打聽，才知道這些陷阱是東部的一個原住民布置的，他

野生水鹿和野生梅花鹿都已絕跡了，山羌也遭濫捕，不久也將步其後塵。

三天兩頭到山上收取捕獲的獵物，每次都有十幾隻，然後賣給近山的山產店。這回因為感冒，已有一個禮拜沒上山，才會讓我們發現這麼多死在陷阱上的動物。

我聽後大為震驚與感傷，原本台灣原住民對於山野動物的獵捕，是以足食為標準，如果要供應平地那些熙來攘往的饕客，那麼再多的獵物也填不滿貪婪的胃口。然而，萬萬想不到的是在一日路程的小小範圍內，居然有為數這麼多的鹿科動物。由此可以推斷早年台灣島上群鹿跳躍奔馳的場面，是如何的常見，又是如何的壯觀。

事實上「鹿皮」是三百多年前台灣最重要的出口商品之一。在遼闊的平原以及中、低海拔山區，台灣特產梅花鹿，成群地抬頭啃食構樹的嫩葉。被稱為鹿仔樹的構樹，是成長快速的灌木，帶著甜味的樹葉與果實，是梅花鹿的最愛。因為鹿群的數量繁多，台灣原住民可以輕易地捕食，因此，他們毋須獵取多餘的梅花鹿，反正多的吃不完也沒有用。

西元一六二四年八月，荷蘭人登陸台灣（安平），建立城砦，控制原住民並收取稅賦，根據記載，原住民平埔族以鹿皮代稅，一年繳交二十萬張鹿皮。二十萬張鹿皮！僅僅在荷蘭人所能管轄的台南一帶，就捕獲二十萬隻梅花鹿！

「荷蘭東印度公司透過貿易求利，對於台灣土地的占有並不重視，在荷治時期（一六二四～一六六二）荷蘭人在台灣從事鹿類貿易，獲利極高。其中鹿皮銷日本，鹿肉乾銷中國。根據西元一六三八那一年的統計資料，當年獵獲十五萬隻梅花鹿，然而也因獵捕過度，鹿類數量銳減，接下來幾年，每年只能捕獲七、八萬隻。為了防止梅花鹿因濫捕而絕滅，西元一六四四年規定須憑獵鹿執照始可打獵，當年發出四百張執照，可捕獵一萬隻梅花鹿。」這是日本天理大學中村孝志教授於一九八一年三月來台灣做專題演講時，所透露的驚人內幕。

然而，與台灣駐守官員限量捕鹿的政策相互矛盾的是，同樣是一六四四年，荷屬東印度公司位在巴達維亞城的總部，仍向大員（台灣）訂購四、五萬張鹿皮。

在出口梅花鹿皮的同時，數量較少的大鹿（水鹿）皮也同時出口，每年數目大約兩千多張。這是有正式統計數量的資料。然而當時屬於私人的貿易船隊，如鄭芝龍、鄭成功父子所率的帆船隊，也往來頻仍於台灣、日本、中國、安南等地，由這些船隊載運出去的大量物資，僅從下列一例即可略見冰山一角。

一六六一年八月九日，拘捕一艘走私船，「該船原留有中國人十人，但爲避免祕密洩露，於抵達長崎附近之前日，予以投入海中。以帆船自大員裝載巨量砂糖、鹿皮，及其他商品前來本地市場之中國人，已變爲大膽……」（《巴達維亞城日記》）

根據《巴達維亞城日記》所載，西元一六六一年，也就是荷蘭人占領台灣的最後一年，台灣猶外銷梅花鹿皮七萬八千六百零三張，水鹿皮兩千兩百三十五張，但是荷蘭人也感覺到要從台灣徵收鹿皮已經愈來愈困難，正擬轉向暹羅訂購鹿皮。

西元一六六一年四月三十日，鄭成功登陸鹿耳門，隔年二月一日荷蘭人投降，然而對台灣南部的平埔族「四社番」來說，真是前門走狼後門來虎，新的統治者一樣要鹿皮！

清康熙三十五年（一六九六年），浙江人郁永河來台採硫。當他由台南登岸，沿西海岸北上細察風物，寫下著名的《裨海記遊》外，同時也留下許多首次描述當時風土人情的竹枝詞，其中有兩首生動的描繪出台灣原住民生活上對梅花鹿的依賴，以及被迫獵鹿付稅之苦。

夫攜弓矢婦鋤耰，無褐無衣不解愁。
番罽一圍聊蔽體，雨來還有鹿皮兜。

竹弓楛矢赴鹿場，射得鹿來付社商。
家家婦子門前盼，飽惟餘瀝是頭腸。

這樣濫捕的結果，便宜了官吏與社商，原住民只能獨吞苦果。二十六年後，也就是康熙六十一年，在巡台御史黃叔璥悲憫的眼中，台灣的鹿況已是「地闢年來少鹿場，焚林設阱兩堪傷」。

曾經漫山遍野活躍在台灣平野的梅花鹿，終於完全絕滅了，除了在杳無人跡的台灣高山猶可發現水鹿及山羌的蹤跡外，盛極一時的台灣鹿科動物，一般人只能在圈養的動物園中相見。

呦呦鹿鳴不再傳遍台灣，只留下鹿港、鹿谷、鹿場、鹿寮、鹿鳴、鹿埔、鹿仔坑、鹿堀坪……數十個以鹿為名的地名，訴說這一段「台灣鹿之多，甲於他地」、「台灣南北番社，以捕鹿為業，社之商，以算物與番民貿易，肉則為脯發賣，皮則交官折餉……」的久遠歷史。

懷樟其罪

一千多年前，當平埔族凱達格蘭人（Ketagalan）溯淡水河進入台北盆地時，舉目所見，必定是濃蔭蔽天，樹姿優美的樟樹原生林。

台灣北部的樟樹有多少呢？從樟樹灣、樟樹林、樟埔坑、樟空子、火燒樟等十多個以樟樹命名的地名可以想見。

凱達格蘭人並不懂刨樟熬腦的技術，但是，來自中國大陸東南沿海的移民懂得，雖然製腦技術簡陋，但是台灣樟腦得天獨厚，含腦量極高，以傳統的「小灶腦術」熬製的樟腦，在荷治時代，已經是主要的外銷品之一了。

清咸豐五年（一八五五年），美商魯濱納（W.M. Robiner）來台採購樟腦一萬擔（每擔一百斤），自此之後一百年間，樟腦成為台灣的主要工業及出口的大宗物產之一。很快地清政府以專賣制度，從中取得大量利益。

平原的樟腦率先被砍伐一空，空出來的土地立刻變成茶園及靛草園。後來的移民，只得冒險向山區發展。

當初居住在平原的凱達格蘭人，因為天性淳厚不與人爭，加上早期漳州、泉州的移民，是以少量漸進的方式採樟，因此並未發生事故。

然而十九世紀後期，世界樟腦需求量暴增，深入山區的大量腦丁，不免要與山區原有的主人泰雅族產生各種衝突。

原本入山伐樟都是以和平手段進行，也就是以日用品或「山工銀」與原住民交換採樟的權利。然而時日一久，漢人的惡行逐漸增多，有的不遵守約定，任意擴大伐樟的範圍；有的不肯依約交付山工銀；有的利用詐騙手段，趁原住民醉酒時強簽不合理契約；更有擄人為質、放火燒村等卑劣行徑，終於惹起山地原住民的報復行動。

光緒五年（一八七九年），因伐樟而喪生的工人高達五百人；光緒八年，因深山「番害」而放棄腦寮，倉皇逃命的腦丁有上千人，當時流行一句話：「The price of camphor is blood.」（樟腦的代價是血）。

這句話像魔咒一樣地盤旋在北台灣淡水河流域中、上游，滿山的樟樹成為泰雅族的原罪。

光緒十一年（一八八五年），劉銘傳擔任台灣首任巡撫，隔年即於樟腦的主要產地大嵙崁設立「全台撫墾總局」，翌年再設「全台腦磺總局」，嚴格地實施樟腦官辦官賣制度。這時恰逢無煙火藥發明，樟腦是主要原料，而當時最重要的塑膠製品——賽璐珞（Celluloid）原料也是樟腦，樟腦已不是市井小民的日常用品，它搖身一變，成為重要的國防物資及工業原料。原本每擔只要十二元的樟腦，在香港的國際行情價可高達七十元。

樟腦的收益這麼好，可以想見的是，因採樟而產生的原住民與漢人間的衝突要升高好幾倍。自光緒十二年到十九年間，官軍和原住民之間，始終不曾間斷地進行剿滅與「出草」的拉鋸戰。其中尤以光緒十三年、十五年、十八年三場戰役的死傷最為慘烈。由於各戰役之間並無明顯界限，史學家統稱這八年的戰爭為「大嵙崁之役」。

清同治十二年（一八七三年）日本曾派間諜水野遵來台刺探。由他的《台灣征蕃記》遺稿中，我們可以管窺當時採樟的實況：

早晨，從大嵙崁的東門出去，坐轎前行十町的地方有小山崗，越過山崗時，發現樵路險惡、步步皆難。這裡原有極多樟樹，漢人把樟樹砍倒，鋸成板塊，再搬到淡水削成細片煉製樟腦，據說這行業利潤極高……。正前方看到山嶺層層相接，老樟蓊鬱。嚮導的漢人指著前方說：「那些山是生蕃的巢窟！凡是蕃人的山都是青翠的，一旦成爲漢人的地界，就光禿禿的沒有樹木，所以很容易分辨出來。生蕃天性喜歡藏匿在深山密林內，所以當我們的人要侵占蕃地，就要砍掉樹林，把生蕃趕到深山裡。」……日暮時分，我們抵達一個山谷，溪的對岸就是蕃界。此岸的山已被漢人蠶食過，高大的樟樹全被砍倒。三、四間製樟小屋用原木建造、茅草覆頂，僅能容身而已。倒是小屋周圍、遍插著尖銳如槍的竹竿，以防生蕃夜襲。這一帶的漢人或是生蕃，出門都要十多人結伴而行，每人隨身帶著鳥槍、刀械，同時也各自派人巡守警戒的哨岡，經常處於備戰狀態，看來此地即將成爲阿修羅惡戰的戰場！

台灣割讓給日本後，新統治者挾著更大規模的採樟技術與軍事力量，大舉進入山區，強勢鎮壓原住民，因此爆發了慘烈的「枕頭山之役」，戰場仍是大嵙崁之役的老戰場，對付的也是同樣的泰雅族部落，要奪取的一樣是樟樹。

日警以新式武器與大砲，希望用最短的時間攻下足以控制整個大嵙崁區的枕頭山。然而，泰雅族人在猛烈的砲火轟擊與近身肉搏戰中，與日軍浴血激戰了四十餘日。

這一仗，日警陣亡了一百一十七名，負傷三十九名，以懸殊的戰力來說，日警算是「慘勝」。而世居此地的泰雅人則遭到空前的大災難，經過焚村殺戮的浩劫，原本是泰雅族大部落的水流東、角板山諸社及鄰近小社，孑遺的部眾紛紛逃入更深的山區。平地的勢力因而能迅速進入，一直到現在，三民（水流東）、復興（角板山）二地，漢人居民仍占大多數。

大嵙崁之役、枕頭山之役，我們看到的是平地人與原住民雙方慘烈的傷亡。然而，作為這兩場大戰的主角——樟樹的傷亡，才是真正慘烈無比！

日警徹底摧毀原住民的抗爭後，立刻對當地數百年的老樟樹林下手。大正十五年（一九二六年），日本人杉木良在他的《台北十二個月》遊記裡，寫到有關角板山的變遷：

十六年前我曾經來過角板山，當時角板山在密林內，林木巨大，而現在重遊，不僅車道兩旁，而是整個台地都已經看不到當年鬱鬱蒼蒼的樟林了。茶園已開到山頂，三井會社目前計畫在水流東新建製茶工場。可預見開拓蕃界的大事業完成之後，產業一步一步地向山區進展，角板山可說是「山岳地帶開發」的樣本。

經過三百年持續的砍伐，原本是台灣地標植物的原生樟樹純林，在平地及中、低海拔山區，幾乎已很難見到蹤影。砍下樟樹，栽種短期經濟作物茶樹，已成為漢人進入山區的基本模式，台灣的自然環境，也因此一步一步地向深山退縮了。

深山巨木

營坑築穴尋常事，
更欲將山總剝皮！

這兩句出自蔡青榕的竹枝詞，雖然是諷刺日本人在台灣的掠奪式產業，然而「更欲將山總剝皮」卻是近一百年來台灣深山巨木痛遭「皆伐」的真實慘況。

海拔一千公尺到兩千五百公尺的雨霧地帶，是台灣檜木成長的故鄉。數千年來未曾遭受斧鋸之災的台灣檜木林，因為材質細密、防蟲、防腐，而有極長的壽命。這些拔地擎天的深山巨木，多的是樹齡超過兩千年的「神木」。稱為神木，不僅是因為它們老，事實上，這些參天巨檜，確實是台灣的守護神。

雪山下的冷杉林不像中海拔高度的檜木林，由於生長的位置與材質，躲過森林砍伐的噩夢。

它們為台灣的水資源做最好的調度：當豪雨季節，甚或颱風暴雨，檜木以廣袤的根系，連結鬆軟的土層，形成一塊巨大海綿，儘可能地吸住水分，以防止暴雨成災。

在往後的日子裡，這些珍貴的水資源就經由兩個管道，緩慢而穩定地釋放出來：當晴朗的夏日，檜木會由根部吸收水分輸送至枝葉，再從葉面蒸散到大氣中，凝結成雲霧，形成午後涼爽陣雨的來源；另一方面，在乾旱季節，唯有巨大森林底層，可以找到滋養大地、豐潤河川的甘泉。

檜木是台灣壽命最長的生物，它們成長緩慢，百年才得以成材，五百年才粗具巨木之姿。然而，這樣緩慢成長的材質，因此特別地紋理細緻、不易龜裂變形，成為舉世聞名的高級建材。

日治時期，有計畫地砍伐台灣檜木，伐木林道一條條深入山區，斧鋸之聲終日響遍山谷，一船船上好的木材運送回日本，成為神社、鳥居、大廟的棟樑之材。

國民政府來台後，百廢待舉，政府的經費來源之一，也要依賴這些深山巨木，於是更多的林道開向更高的山區，為了換取可貴的外匯，最禁忌的皆伐及陡坡伐木都照做不誤。

新式的伐木作業效率更高，砍光巨木的土地，正好用來栽種高價的溫帶水果、爽脆的高冷蔬菜，以及最受歡迎的高山烏龍茶。

我們是在殺台灣大自然，還是在自殺？

缺乏綠蔭遮護與根系糾結的土壤，在暴雨來襲時紛紛跌入溪谷，沉積在水庫或攔沙壩上，沒有歇腳處的雨水只好一股腦沖下平原，豪雨成災、哀鴻遍野，損失的豈是幾個水蜜桃、幾斤高山茶所能比的？

一九九三年，北台灣遭受空前的旱災，有人質疑曾經更久沒有雨水，卻不曾乾涸得如此嚴重？啊、啊，那是因為我們把深山巨木形成的天然水庫，一個個都拆毀了。

登山三十多年來，眼見台灣的大自然被一再地壓迫而退縮：眼見高山森林皆伐後，變成荒蕪乾枯的荊莽叢；眼見新闢的道路把深山幽谷變成旅遊名勝；眼見鏟平小山丘蓋起大別墅；眼見清除熱帶雨林改為高爾夫球場、填平山谷作為休閒俱樂部……空氣、日照、景觀都可以變成商品，一一標價售給付得起的特定族群。人們不只開啟了山林的大門，事實上，更已經登堂入室，在山林中橫行霸道、胡作非為！

大自然會一味的退讓嗎？在「人定勝天」的錯誤觀念下，人們已經做了太多傻事，並且，對於來自大自然的警訊，患了目盲和健忘症。

洪水和乾旱只是對於過度伐木的警訊之一，愈來愈嚴重的地陷、陸沉、山崩，已說明大自然報復的能力是既快又準，而且不是人類所能抵擋的。

以開發、建設為名的破壞行動仍持續在進行著，三百多年來人們對美麗之島的無情掠奪，只是隨著時代而改變方式。

長夜漫漫，何時能從夢魘中驚醒？

曙光初露

我常常試圖想像：在三百多年前，當那些代表「文明力量」的外來政權還未登陸台灣之前，這個美麗之島上的所有原住民族，是如何地與大自然和諧共處？以致於幾千年來仍保有不變的豐饒大地，以致於形成早年台灣竹枝詞筆下那樣樂天知命的民族性格。我相信這些都是現今台灣住民失落而亟欲獲得的寶藏。

難道台灣原住民有獨特的生活智慧嗎？三十幾年來，我因登山、調查、訪問而結識了不同族群的台灣原住民朋友，深深感受到：所謂獨特的生活智慧，就是敬畏大地、順應自然。

原住民的部落通常建造在兩條溪澗之間平坦的小支稜上，房舍順應地勢而起，毋須改變地形而能享有充足的日照，飲水方面可以竹管自溪澗上游接水且左右逢源。

原住民以漁獵和種粟為食，祖先曾設下許多禁忌，任何不祥徵兆出現時，打獵的行動必須立即中止，捕魚有一定的季節和儀式，粟熟收割時也有祭典，表示對大地的敬畏和感恩。

每一個原住民都有祖先誕生或祖靈安居的聖地，聖地範圍不能接近、不能砍樹或打獵，等於是一個個自然生態保育區，最重要的是他們謹守禁忌，不敢踰越，對大自然充滿敬畏與謙遜之心。

「敬畏大地、順應自然」，就是用這八個字來替代「篳路藍縷、以啟山林」嗎？

台灣海拔最高的高山湖——翠池也被汙染了，台灣生態環境被破壞的程度，已經到了不能坐視的地步。

在飽嘗文明與經濟社會帶來的舒適、富裕與禍害之後，許多人開始懷念兒時經常嬉戲的、住家附近的那一條清澈的小溪，也驚覺在繁榮與建設的大旗揮動下，人們喪失的是生活中最寶貴的部分——與大自然的接觸。

許多人雖然並未遠離家鄉，卻患有深深的鄉愁，這是再多的經濟成就也填不平的缺陷。

慢慢地有一些人開始站出來，用各種方式來表達對自然環境的愛與贖罪的心。奉行簡樸生活的區紀復、長期觀察老鷹的沈振中、提出柴山主義的王家祥……還有在不同範疇內奔走的各種環保團體，在漫漫長夜中努力發光，即使點點微弱如螢光，相信聚集愈多，照亮的範圍也將愈大。

這些，可稱之為時代良心的可敬的人們，正慢慢地釋放他們的影響力，像暗夜中初露的第一線曙光，微弱，但足以讓人充滿喜悅和期待。

——一九九五・十二・三十

【典藏篇】

山・雲・原住民

踏查半世紀
——台灣矮黑人的傳說與調查

台灣的原住民各族，都有共通的神話傳說，例如：洪水傳說、射日傳說、人與動物互相變形的傳說，以及矮黑人的傳說。其中，有關矮黑人的傳說，除了賽夏族的矮靈祭被廣為傳頌，其他各族所傳的矮黑人事蹟，卻少為人知。

有關矮黑人的傳說，是比神話更進一步，有線索得以查證其存在的。可以這麼說的原因是：無論在清代、日治時期文獻上的記載，或是各原住民族的口傳史，甚至深山密林中的舊部落廢墟，都可以找到矮黑人曾經生活在台灣島的證據。

然而這些證據，卻又無法得到科學的驗證，以至於台灣矮黑人的傳說，仍然介於神話與真實之間，值得我們深入研究，並揭開它的奧祕。

前言

台灣的矮黑人傳說由來已久。千百年來集居於平原及河口地帶的平埔族，和選居於山地的各族群（以上均為台灣原住民族），不斷的傳述：他們祖先所住的區域，以前住著一群身高不滿三、四台尺，臂力很強，擅用弓箭的矮黑人，不但能指出矮黑人舊居的位置，還親自查訪過，也能夠描述他們的祖先與矮黑人亦敵亦友，維持過往來互動的故事。

矮黑人故事不只是代代口傳的，也屢次出現於歷代史冊上，好像是森林中的精靈，忽現忽沒。我們從原住民老人家口中聽到，或在文獻上看到的，感覺矮黑人無所不在，卻始終無法親眼目睹。

一向有那麼多人指出矮黑人遺址，和矮黑人自己製作，或使用過的石斧、小陶甕等器具，但是卻沒有人確切地證實那些是矮黑人的物品。對於活生生的疑似矮黑人，例如本人曾經在舊好茶社（Kochapongan）遇見一對身高僅一公尺多的魯凱族母子，雖然矮小，但很健康，也曾在台灣北海岸金山遇到身高約一百一十公分的中年人，臉部與四肢的比例完全勻稱，或許可以採用人類組織抗原的遺傳多態性（HLA）檢查，作為特定族群的基因分析，但是人數少是無法獲得正確結果的。我們最需要的證據，是矮黑人留下的骨骸和他們曾經使用過的小型生活用具或衣飾。

據說，矮黑人是台灣的先住民，最先占居台灣島近海岸的山林中，曾經與後來遷居的原住民各族接觸，或教導農耕，或互相爭戰。不然，怎麼會有那麼多的矮黑人故事流傳於各地呢？

中國古書《山海經》記載：「大荒之東，有小人國。」東方的小人國應該是指台灣吧？日本古書《古事紀——神代の卷》也提及：「一個小矮神從父神的手指間溜出去，下凡時跌落於粟葉上被彈起，飛到常世之國。」台灣史學先驅伊能嘉矩引用此段記載，說：「常世之國指琉球或台灣。」那麼，台灣在不同年代口述者的心目中，是矮黑人常住之島嗎？

無論是史書上的記載，或是原住民族耆老口傳的描述，都那麼逼真，那麼悠遠，那麼引人遐思，在缺乏直接證據下，這種悠遠的神話傳說，將繼續綿延下去，繼續成為話題。這是人類學至今未能解決的一個課題。

實際上，地球上自古以來就有「矮小人種」聚族而居。例如，中非的俾格米人（Pygmies）、印度孟加拉灣東緣的安達曼群島安達曼人（Andamanese）、馬來半島的塞芒人（Semangs），以及菲律賓群島的尼格里道人（Negritos）等。這些矮小人種的主要特徵是：身高一百五十公分以下，膚色較黑，顴骨突出，臉部圓闊，短頭型，頭髮鬈曲如毛毯狀，使用長矛與弓箭狩獵……，和台灣所傳的矮黑人特徵很接近。只有一點不同，那就是：台灣的矮黑人和原住民族，都不曾使用吹箭筒和毒矢狩獵。

總體而言，有關台灣矮黑人的傳說，各年代都有，尤其流傳於台灣中、南部，其中東南海岸及恆春半島的疑似矮黑人遺址最集中。從西北部賽夏族到南部斯卡羅族（Suqaro-qaro）的地界，竟然有那麼多迷人的矮黑人故事在流傳。我們無法解釋：矮黑人曾經那麼普遍地與各原住民族產生互動，為什麼現在卻無影無蹤？

但願將來終有一天，我們能夠找到真正的台灣矮黑人和確切的證據。現在，讓大家先看看有關矮黑人的文獻，再聽聽我本人進行初步探查的經過，作為探索的出發點吧！

清代史冊上的矮黑人傳說

完成於清代康熙五十八年（一七一九）的《鳳山縣志》番俗篇有如下記載：

由淡水入深山，番狀如猿猱，長僅三、四尺，語與外社不通，見人則升樹杪，人視之，則張弓相向。（按：「淡水」即下淡水，現稱高屏溪。）

台灣史學先驅伊能嘉矩在台灣割讓後立即來台，研究台灣舊史。一八九八年他評論這一則史冊記載：「台灣蕃界直到今日仍然呈現混沌狀態，外人只知道十之一、二的眞相而已。因爲生蕃地仍是一片黑暗，是我們知識所不及的荒蕪之地，不能因爲傳說內容離奇，在沒有查證之前，把它斥爲無稽之談。即使無法找到活生生的矮黑人，也要有信心找到矮黑人的遺址和遺物才對。」

繼伊能氏之後，有更多的日本學者，抱著強烈的企圖心來台灣調查。伊能氏的話，一方面在鼓舞自己，另一方面似乎作為後繼者的代言人，指出展開搜尋台灣矮黑人的時機已來臨。

日治初期對矮黑人遺址的探查舉例

（一）台灣總督府林學技師小西成章最早從事台灣森林調查，綽號「第一蠻勇」，他寄給《東京人類學會雜誌》的通信稿中，表示：「郡大溪畔的布農族郡大社與巒大社之間，有 Tatsipan 社，其下方有矮黑人廢屋。」小西成章命斗六辦務署林圯埔分署的主記吉田貫六郎前往調查，發現疑似矮黑人的舊居，屋頂已坍下，牆壁仍在。屋內地面用板岩鋪蓋，四面牆壁也是用石板構築。屋子東西長九尺，南北長六尺，牆高二點七至二點八尺左右。根據附近布農族的指證，那是矮黑人 Saruso

的廢屋。小西氏後來親自前往開挖遺址，只找到三個殘破的陶器出土而已。

（二）台灣總督府舊慣調查會補助委員小島由道，曾經報導他調查賽夏族著名的矮黑人傳說與遺址的成果。「現在賽夏族每隔兩年舉行『Pas-Taai』大祭，這是為了安撫矮黑人亡魂而舉行的。相傳，古時候 Taai 住在新竹縣上坪溪上游（Barai）右岸，麥巴萊山的西北山腰，Rai-Taai 岩洞內。他們身高只有三尺，但是臂力很大，善於使用妖術，所以賽夏族懼怕他們。他們很會唱歌謠、跳舞，所以賽夏族收穫稻米時舉行祭典，一定會邀請矮黑人一起來唱歌跳舞。然而，Taai 天性淫蕩，常常姦淫賽夏族婦女。因此賽夏族人想出奇計，在西熬溪岸叫做 Ailuha 的地點，砍斷木橋，使走在木橋上的矮黑人墜落而淹死於溪中。只有兩個倖存者，想要逃離岩洞住家，他們不接受賽夏人的挽留，逕自朝東方去了。」賽夏族朱姓族老 Tabe-Kale 說：「數年前我們還能夠進入岩洞遺址。入口處大約三點六公尺寬，裡面很寬，可住數十個人，而且有石椅。現在岩崩路斷，成為斷崖地形，再也沒辦法進去了。從前這個岩洞高出溪面約六尺，如今水位變低，岩洞高出溪面約三、四百公尺。賽夏族把矮黑人 Taai 的岩洞居住處視為聖域，不准別族前往觀看。」

（三）恆春半島瑯嶠十八番社總頭目的豬勝東社（Terasoaq）族老潘烏範說：「矮黑人Sugudul以前住在龍鑾社（Lingduan）一帶。他們身材短小，身高不及我們的一半，但是力氣很大。有一次，龜仔用社（Kuraluts）的人前往龍鑾社，第一次遇見Sugudul時，以為他是小孩，問他：『小孩子，你爸爸到哪裡去了？』對方不理他。走到近前再問，才回答說：『我就是爸爸！你如果要找我爸爸的話，他到耕地工作去了，一會兒就回來。』說著，輕鬆的搬來一塊大石頭請龜仔用社人坐。龜仔用社人不勝駭異，立即奔逃回家。社眾聽完他的描述，在好奇心驅使下，叫他帶他們去看矮黑人。到了矮黑人部落，發現居民全都是小孩子的模樣。」

日治初期，人類學者與醫學解剖教授的論辯

日本京都帝國大學醫學部足立文太郎博士，從事體質人類學研究多年。他曾經把存放在台灣總督府醫學校（台灣大學醫學院前身），台灣陸軍病院及東京帝國大學收藏的「台灣蕃族頭蓋骨」做過比較研究。

關於矮黑人，一九〇六年足立博士在所寫的〈關於台灣古棲土人（Negritos）〉文章中提到：「菲律賓小黑人（Negritos）曾經分布於台灣。Negritos 平均身高一百四十五公分，身體瘦小，頭髮鬈曲如毛毯狀，皮膚黝黑而乾枯，講自己的方言，使用弓箭。與台灣蕃人所傳的矮黑人傳說對比，不難發現彼此相似。荷蘭人還沒來到台灣以前，已有 Negritos 居住，他們是台灣的先住民。」

對於足立博士大膽的假設，原任東京帝國大學教授的鳥居龍藏博士於隔年，一九〇七年提出反駁說：

「我過去正式渡台四次，從事人類學調查，迄今還沒整理出完整的調查報告。不過，目前正在起草〈台灣蕃人體質篇〉，包括台灣矮黑人各族的體質都有論及，在這裡不必細談，只扼要地提出個人的見解。

「很多人一聽到矮黑人，立即聯想到住在菲律賓群島的 Negritos，以為是具備黑皮膚、頭髮鬈曲、身體矮小等特徵的人種。只是令我疑惑的是：海峽對岸的中國苗族，身體矮小，分布於貴州省全部、廣西、雲南、廣東等三省的部分地帶，以及海南島。古時候，苗族曾經分布到福建、湖南、江蘇及浙江各省，由於漢人入侵，其分布地區逐漸縮小，演變成今日的狀態。現在，福建省福州東方三天行程處，有個地方叫羅源縣，據說還有苗族殘留在那裡。

「古時候的台灣，是不是有苗族住過？是不是可以推斷台灣蕃人所傳的矮黑人故事，和漢人文獻的記載，都與苗族有關？假定口碑傳說是事實，那麼，台灣所傳的矮黑人，與其說是 Negritos，毋寧說是像苗族那種矮小的人。我的理由是：傳說中的矮黑人，在體質上和風俗方面，與現今台灣蕃人相似，但是缺乏 Negritos 的特徵——鬈髮和全身極黑。

「不過，各族之中，都有身軀矮小的蕃人混雜在內，當然我也拍照存證了。其特徵有兩種：1. 頭部比例大，但身軀矮小；2. 身體各部分比較均勻發達，但身軀矮小。這兩種人的頭髮都是直毛。」

鳥居博士又說：「山上也有直髮的矮黑人，可能是苗族的後裔，平原方面，只有極少的鬈髮人，混居於卑南族、阿美族等平地族群之中。」

由於足立和鳥居兩位學者，就台灣矮黑人的人種學觀點交鋒後，就遠離台灣，兩人都沒有機會再研究矮黑人問題，這個問題的學理上論辯，就沒有繼續下去。

鹿野忠雄博士的發掘調查台灣矮黑人遺址

從一九三〇年代起，由博物學研究轉向民族考古學的鹿野忠雄，於大學三年級，廿五歲的年齡，發表第一篇非自然科學的論文：〈台灣島矮黑人居住的傳說〉。

從下頁的分布圖可以看出：台灣原住民各族的傳統領域，都有矮黑人傳說或遺址的分布，延續到平原地帶的族群居住地，包括巴宰族和馬卡道族。但是，比較集中分布於1.賽夏族與其東鄰的泰雅族居地、2.布農族祖居地——郡大溪流域，以及3.恆春半島排灣族與斯卡羅族居地。本人認為矮黑人的起源地，在恆春半島東岸的觀音山（位於牡丹灣之北），遺址面臨太平洋。

鹿野忠雄這位台灣最活躍的學術探險家，在山區調查時，從南鄒族四社群排箭社（Paitsiana）、排灣族甘那壁社（Kanapi）、大板鹿社（Tabanak）等地，採集了很多有關矮黑人的傳說，發現各族的傳說有共通的內容，認為原住民的傳承，必定有種種事實作為根據。

他歸納出以下幾個要點：

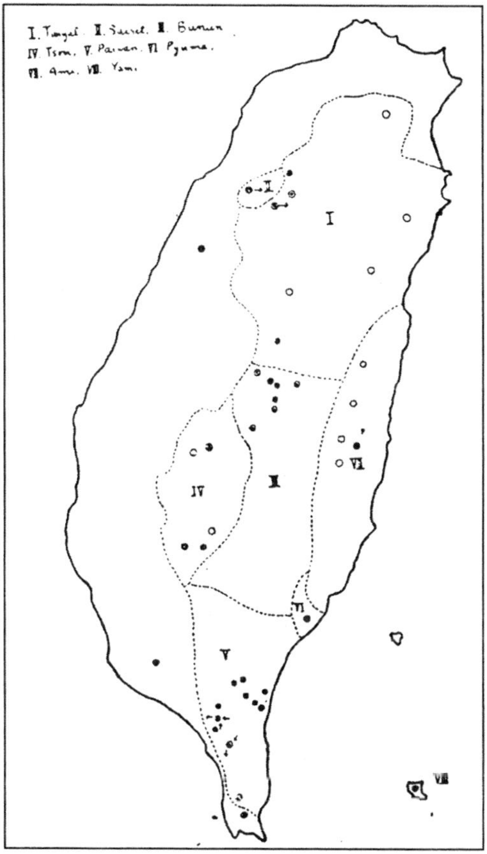

Ⅰ泰雅族
Ⅱ賽夏族
Ⅲ布農族
Ⅳ鄒族
Ⅴ排灣及魯凱族
Ⅵ卑南族
Ⅶ阿美族
Ⅷ雅美族（達悟族）

台灣矮黑人遺址分布圖——鹿野忠雄發表於《東京人類學會雜誌》第四十七卷二號，一九三二年

○傳說有矮黑人的存在
◎傳說矮黑人曾經居住過
●當地發現矮黑人遺址
○當地發現鬈髮人

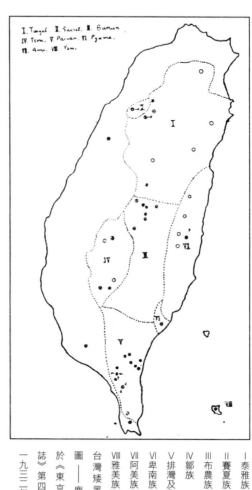

1. 矮黑人身高二至四尺餘。
2. 頭髮描述不清晰。部分蕃人說：矮黑人的頭髮是紅色，且鬈曲如毛毯狀。
3. 穴居或半穴居，住屋是石板屋構造。
4. 種植芋頭為主食。
5. 善用弓箭，用的是強弓，而箭鏃是用石頭、獸骨或鐵製作的。
6. 部分矮黑人使用陶器、石臼、石杵。
7. 部分矮黑人有出草獵頭的習俗，有些則沒有獵頭習俗。
8. 群體居住，一間房子住很多人。
9. 身軀矮小，但是臂力強，行動敏捷、伶俐。
10. 頸飾是用紅、藍、黃等不同顏色的珠子串連製成的。
11. 大部分的矮黑人，是比泰雅族、布農族更早移入台灣的先住民。
12. 蕃人曾經一度被矮黑人加害而受苦，但是最後把矮黑人驅趕到別處。
13. 矮黑人所居住過的地方，被視為禁忌之林，各族都不敢擅入，否則會生病。
14. 大部分的矮黑人是現今蕃人尚未移入台灣之前的先住民族。

鹿野忠雄引用了很多屬於東部太麻里溪以南，各社所傳的矮黑人傳說，以及遺址上Parisi（禁忌）之林的描述，覺得矮黑人曾經住在那一帶，一直到「比較晚近的幾年前」。鹿野強調：矮黑人有其人種學的特徵與習俗。他認為矮黑人的存在不是出自於想像，而是有歷史事實的記述。

鹿野忠雄曾經前往大板鹿社排灣族所指的矮黑人遺址調查。遺址座落於山腰緩坡處，每間廢屋呈半穴居型。三面用豎立的石板構築，石板大小不等，大部分是高四尺半，寬二尺半，厚度五吋，屋寬和內深均為九尺左右。每間舊屋前面，都立著兩根石柱，柱高六尺半，寬一尺半，厚度五吋，上端呈凸型。石材很重，材質是雲母片岩。

大板鹿社的排灣族說：「他們的祖先和矮黑人一直維持著友好關係。」頭目出示一個矮黑人的陶甕，高一尺三吋，據說是遠古的時候，矮黑人為了示好，贈給頭目的祖先保存的。鹿野認為這一個陶甕，與一般的排灣族頭目家保存的古甕不同。矮黑人的陶甕容積小，但是口緣寬大，沒有施加百步蛇雕飾。

早期的學者曾論證過台灣矮黑人是否屬於 Negritos，鹿野傾向於肯定說。他以現在保存於國立台灣博物館，排灣族用山豬背部剛毛製成的「腳箍」為例，說：「菲律賓群島先住民 Aeta 族（住在呂宋島中部 Pinatubo 火山西麓，屬於 Negritos，但自稱 Aeta）也曾經使用此類腳箍，而其他 Negritos 種族，則是不使用的。」

第五圖

タパナク社に傳はる小人の壺

排灣族大板鹿社所保存的矮黑人陶甕。鹿野忠雄繪，一九三二年。

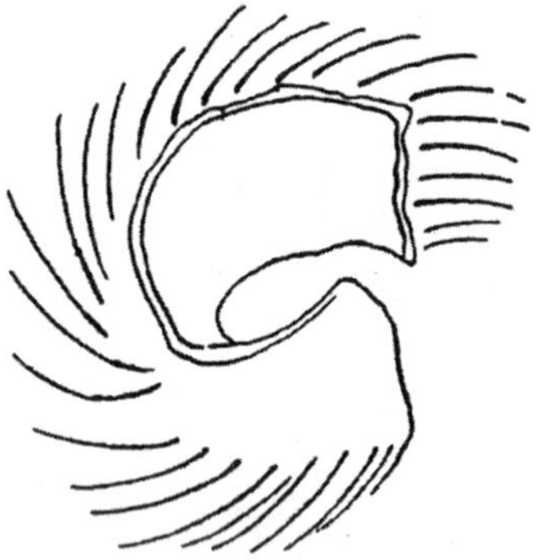

第七圖

パイワンの足箍(豬毛剛毛)

Negrito の Legornamem に似る

排灣族的腳箍與 Negritos 族所製的相似。鹿野忠雄繪，一九三二年。

東京帝國大學體質人類學教授宮內悅藏，曾在高雄縣那瑪夏鄉南鄒族居地發現少數的鬈髮人。他同意鹿野博士的說法：「台灣蕃人來台以前，已有部分的人和Negritos混血過。」

鹿野曾經引述上述人類學者發現少數鬈髮人為例，做出了一個結論：「台灣本島曾有Negritos生存的可能性很大，與其說『可能有』，不如說『必然有』較爲適當。Negritos矮黑人的物質文化脆弱，一旦埋沒於土中，即使被找到，也不容易恢復其原狀。所以，只剩一個辦法，那就是：尋找絕對不會和別種物品混淆的，特異的Negritos族頭骨。」

本人的矮黑人遺址踏查舉例

（一）雪山西峰下的遺址

一九八一年夏天，本人與登山隊曾在雪山西峰下的營地過夜。當我走向志樂溪源頭取水時，發現溪崖崩壁的邊緣，有廿五間已傾圮的石屋群，已崩落溪底的可能還很多，占地大約八百平方公尺，海拔二千九百五十公尺，屬於高寒地帶。

石屋群在一片鐵杉林中，其中的一間，屋內已長出約一人半合抱的大鐵杉，可見這個遺址相當古老。每一間石屋的四壁，是用自然石砌成，高度約一至一點五公尺，牆壁上方及屋頂已塌毀，原來所用的材料不明。

每間屋子入口處，寬約四十至五十公分而已，只容一個成年人側身而入。本人試著平躺於屋內地面上，因為空間小，雙腳無法伸直。我和隊友做了地面上的挖掘，沒有發現人骨或疑似矮黑人的生活用具。

（二）那母岸遺址及清水遺址

一九八三年五月，本人和友人組隊，從花蓮縣卓溪鄉卓麓出發，前往調查被傳為矮黑人遺址的「那母岸」及「清水」兩處遺址，作比較研究。

那母岸遺址位於那母岸山稜線上，海拔七百七十公尺的地點，有廢棄的石板屋群，石材很考究。部分屋內遺留著石柱，上端尖銳，有橫溝刻紋在上端，另有半圓型石盤及紅色陶片出土。遺址最高處有一塊大石壁，壁面上溝紋縱橫，似乎是人工雕刻的。據當地布農族嚮導的說明，此遺址不是布農族那母岸舊社，是族類不明的人種所遺留，很可能是矮黑人的遺址。嚮導又說：「我們的祖先未曾住在全部用石板構築的房子。」

接著前往清水溪對岸的清水遺址調查，此遺址的海拔高度是六百公尺。除了已傾圮的石板屋群占很大的空間外，還有大量的陰石、陽石（均為疑似巨石文化的遺留）、有孔石盤、陶器破片及其他石器出土。最令人驚異的是，還發現很多小型石板棺（棺內的骨骸已不見，或已腐化）暴露於地面上。石板棺全是小型的，長約三、四尺，似乎是矮黑人的墓葬群。

卓麓的布農人指出清水遺址是矮黑人的舊居，說：「我們的祖先曾經在這個遺址一帶，與矮黑人爭戰及講和，也一度混居在一起。」

清水遺址的範圍很大，可以想見此遺址上曾有大量人口，文化不低。不過，除非進行詳細的遺址開挖，看看有否疑似矮黑人遺骸出土，從我們的初步調查，無法做出正確的推論。

（三）浸水營古道附近的矮黑人遺址

浸水營古道是台灣最古老的東西方向橫越道路。日治時期，居住於排灣族地界最久，戰後才離台的總督府舊慣調查會雇員小林保祥，曾經報導：矮黑人的原居地在台灣東南海岸，其中一支從大武出發，沿著浸水營古道越過中央山脈，途中，在古道東段出水坡社（Rilao）的南側，茶茶牙頓溪北岸居住。他們後來分散到古道西段北側下方的力里社（Rarukruk），以及古道南方的率芒社（Kasuvongan）、割肉社（Koabal）等地居住。據傳，曾經遷至茶茶牙頓溪畔的割肉社人（西部舊古華的排灣人祖先）自承：「我們的祖先是矮黑人。」

相傳，矮黑人身軀矮小，某次出獵時，捕獲了一隻山羌，就背起來回家。回家後發現山羌因為被拖行於地上，背後的毛都磨光了。

1. 西段 Chuwalaju 遺址：

此遺址位於古道西段的北坡，力里社的東南側。力里社相傳那裡曾有矮黑人居住，並教力里社的祖先唱矮黑人的歌謠。

秋天來了，樹葉紛紛掉落，
等到秋去春來，雨季來臨，
所有的樹木就會再度發芽生長。

二〇〇三年一月，本人帶領古道調查隊，在排灣族耆老徐天貴（Kabaruan-Kapan，當年八十二歲，現已歿）的嚮導下，勘查矮黑人居地。從林道二一・五K處下車，向北下降，穿過密生的茅叢，經半小時的搜尋，在海拔一千兩百公尺處，找到了遺址。其地有兩間已傾圮的石板屋，以及約三至五間屋跡，屋基四周只剩東倒西歪的石板群。石板與一般排灣族取自溪底的黑色水成岩不同，而是土褐色的砂岩。廢屋散落於四周，如果時間允許，應可以找到更多的疑似小型屋跡。

排灣老人徐天貴說：「矮黑人遺址的地名是Chuwalaju，chuwa 表示地點，laju是樹名。我十八歲那一年，為了探查水源，來到此地，無意間發現這一個部落廢墟，返回力里社向長老報告此事，長老說：『那是矮黑人遺留下來的。』當時，有些石屋還很完整。」

2.東段茶茶牙頓溪北岸 Congurui 遺址：

台北帝國大學在昭和初年（一九三〇年代），全面調查原住民各族的居住地。負責東台灣地區的馬淵東一，訪查大武溪沿岸的排灣部落，記錄了有關矮黑人的口述資料。出水坡社（Rilao）傳述：「出水坡社的始祖來到這個地方時，當地已有矮黑人居住，後來矮黑人和阿美族打仗，戰敗後部落潰散，不知所終。」茶茶牙頓社（Calangatoan）也傳述：「始祖來到本社西南側的割肉社（Koabal）居住時，原本住在其東北側出水坡社的下方，地名叫做 Congurui 的矮黑人，心生恐懼而逃走，不知去向。」

當時住在台東的記者入澤片村（《中央山脈橫斷》的作者）曾訪問當地的排灣族，獲得以下的口述資料：

「矮黑人是先住民，力氣很大。矮黑人住區不大，共有十間廢屋，每一間只有一坪大小，屋內有石柱，牆壁低矮，普通人是無法居住在這種小屋內。浸水營古道附近的排灣族，都相信進入矮黑人故址會生病，所以他們都不敢闖入其地。」

二〇〇三年三月，本人和高雄登山會山友林古松，在加羅板社（Karapang）

排灣族嚮導陳田光（Konlo-Mulan，當年六十九歲，已歿）的帶領下，沿著茶茶牙頓溪溯行一天，才到達位於茶茶牙頓社（舊社）上方的矮黑人遺址，地名叫Congurui，位於北岸 Rosakal 支流的上方，海拔四百二十公尺的寬平山脊。遺址分為三層平台，高度四百至四百二十公尺，每一層都有整排的廢屋群，大部分已傾圮，另外有散落的石板，部分仍屹立如初，似乎是廢屋的牆壁，均面向東南。最高點有一株大榕樹，山頂風大，日照充足，適於作物的生長。矮黑人的屋式，與一般的排灣族屋舍不同：

（1）排灣族所用的石板，取自溪底的水成岩，石板為深灰色的薄片。但是，矮黑人的建材，取自山坡沙岩，石板較厚，而且呈土褐色。

（2）矮黑人的住家都在地面，不是這一帶排灣族的半穴居屋式。

同行的陳田光說，他的祖父 Kasao 和祖母 Vais，曾經對他說起矮黑人的故事：「矮黑人建部落於山頂，主要原因是懼怕排灣族的馘首習俗。祖先曾與矮黑人接觸，因為語言不通，完全靠手勢溝通。後來，排灣族人口愈來愈多，勢力範圍擴大，矮黑人心生恐懼而逃往北方，不知所終。」

據其祖父母的描述，「矮黑人的身高不到排灣人的胸口，和排灣人一樣種芋頭、小米和蕃薯，也獵捕動物」。陳田光的祖父Kasao年輕時，曾經看到半倒的矮黑人石屋，對於矮黑人身材矮小，住屋卻寬敞而感到很奇怪。因為是禁忌的關係，排灣人不敢隨便造訪此處。

在南部浸水營古道幽祕的闊葉林下，矮黑人的傳說繼續在流傳，矮黑人部落遺址仍有留存，使古道的健行，增添悠遠魅惑的氣氛。

結論

台灣和離島上，千百年來住著四十多種語言和文化古俗互異的人種，其中，矮黑人的來歷與身世最不清楚。但是，在過去的歷史年代，史冊上記載著種種的矮黑人傳說，也曾經有不同身分的人去探查遺址，迄今始終未能找到真正的矮黑人骨骸和其他有力的證據，使得矮黑人傳說撲朔迷離，真相不明，而永遠停留在神話傳說的領域裡。

本人曾經將日治時期有關台灣矮黑人傳說的文獻記載，全部譯成中文稿，加上清代文獻，以及自己在田野調查所得，累積了不少無法證實的資料，因為缺乏科學上的驗證，還沒印成專書。

或許，從台灣山區全域的實地調查，來驗證傳說的真實性，是唯一可行的辦法，但是，是否值得到處開挖可疑的矮黑人舊居，仍有疑問。台灣矮黑人的傳說與遺址，並沒有引起近代人類學者和考古學學者的重視，而繼續停留在神話傳說的階段，委實令人感到遺憾。

——二〇〇〇・十二

二〇〇五年八月，楊南郡與高棟在台北金山合影。高棟當年六十歲，住在跳石（地名），以栽種芋頭為生。

山・雲・泰雅人

古老民族

在台灣歷史上，早在漢人有歷史文字記載以前，廣大的雪山山脈及中央山脈北段山區，自古以來不只是雲霧繚繞、森林密布的蠻荒地帶，也是自稱 Atayal（泰雅）、臉上有刺墨的民族的生活領域。他們沒有文字，在過去的幾千年間一直遠離文明的洗禮，默默地過著自給自足、與雄偉的大自然渾為一體的自然人生活。

日治初期，曾經有部落耆老向統治者說，他們已經與平地隔絕十五代。沒有文

泰雅人施行火耕輪作，以培養地力。
（小谷文一，《台灣寫真帖》第一集，一九一五）

字的原始人不但有自己固有的文化，更有驚人的記憶力，所謂十五代的意思，是當年的族老能夠一口氣背誦出進入山區以後的歷代祖先名字，共達十五代。如果每個世代平均以二十年計算，那麼記憶所及的山中生活，至少已閱歷了三百年。

其實，泰雅人居住於台灣島，遠超過記憶中的三百年。要追溯包括泰雅人在內的台灣山地與平地原住民的來歷，我們最好聽聽最新的權威理論。

澳洲國立大學的著名人類學家Peter Bellwood，曾經於一九九一年發表了一篇極具震憾性的論文"The Austronesian Dispersal and the Origin of Languages"〈南島語民族的擴散與其語言的起源〉。根據他的論文與繪製的《南島語民族擴散階段圖》，遠古時代南島語民族的祖先從中國大陸華南農業帶，開始向南移動擴散。第一波遷到台灣島，是在紀元前四千年前後，在這裡他們的語言分化為多種南島祖語；繼而依序有第二波經由台灣遷到菲律賓群島（紀元前三千年前），第三波遷到印尼帝汶島（紀元前二千五百年前）……，最後一波遷到紐西蘭，則已是紀元前八百年前的事。

目前在世界上操南島語的民族集團，已有兩億五千萬人。其中，包括泰雅族在內的台灣南島語族，生活在台灣最久的已達到六千年，比其他分布於北自台灣，東至東太平洋，西至非洲馬達加斯加島，南至紐西蘭的所有人口，還要古老。

近代南島語學者又指出：台灣的南島語中，擁有最多的古南島語同源字，而且語言最分歧，由此可以印證台灣是古南島語民族的起源地。Bellwood 解釋說，南島語民族原居在東亞大陸的時代，其語言並非真正的南島語（Proto-Austronesian），那個階段的語言應稱為 Pre-Austronesian。結論是台灣島上的原住民最古老，其中泰雅族與鄒族算是進入台灣島最早的民族，也就是最早的居民。

遊獵與農耕

泰雅人主要的分布地域是高度約一千公尺到一千五百公尺間的中海拔山坡地，原因是這個高度終年涼爽，遠離潮溼高溫、瘧疾與其他傳染病橫行殺人的平地，而且住在高山溪流兩岸山坡地及山麓階，附近有原始森林覆蓋，野生動物繁衍跳躍，可以讓族人自由遊獵其間。

根據Peter Bellwood的《南島語民族擴散階段圖》，南島語族從中國華南農業帶向南移動，第一波遷到台灣。（資料來源：Scientific American, July1991, PP.90-91）

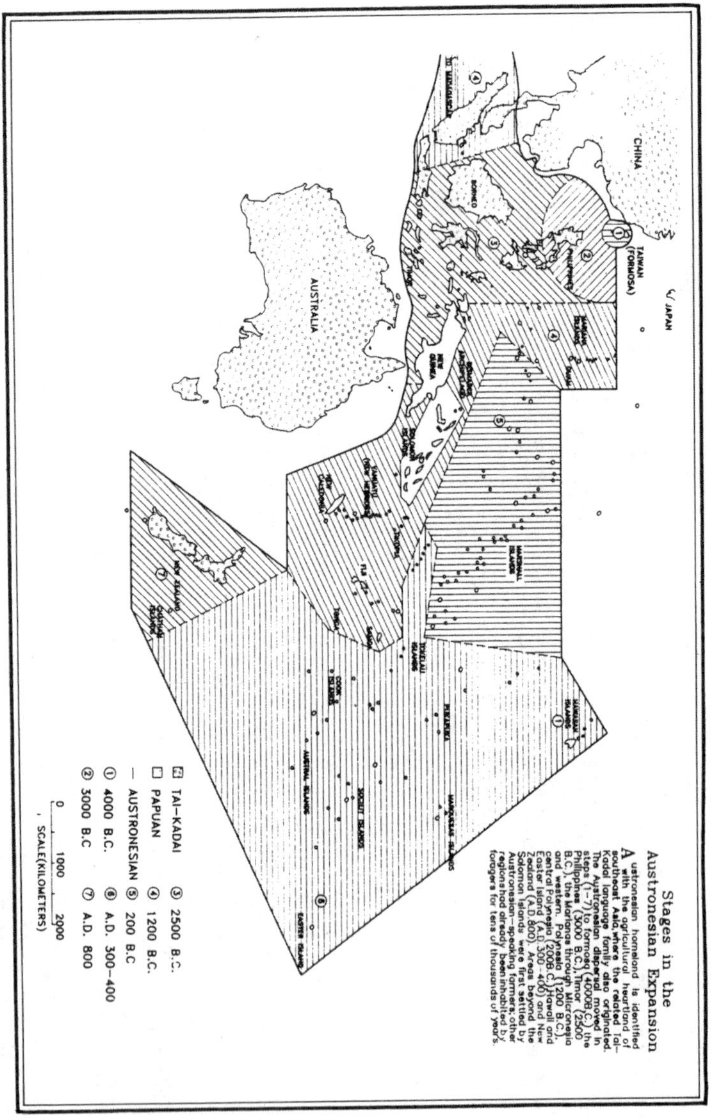

Stages in the Austronesian Expansion
Austronesian homeland is identified with the agricultural heartland of southeast Asia, where the related Tai-Kadai language family also originated. The Austronesian dispersal moved in steps (1–7) to formosa (4000B.C.), the Philippines (3000 B.C.), Timor (2500 B.C.), the Marianas through Micronesia and western Polynesia (1200 B.C.), central Polynesia (200B.C.), Hawaii and Easter Island (A.D.300–400) and New Zealand (A.D.800). Areas beyond the Solomon Islands were first settled by Austronesian-speaking farmers; other regions had already been inhabited by foragers for tens of thousands of years.
CHINA
JAPAN
TAIWAN (FORMOSA)
PHILIPPINES
BORNEO
TIMOR
AUSTRALIA
NEW GUINEA
MARIANA ISLANDS
MARSHALL ISLANDS
SOLOMON ISLANDS
VANUATU (NEW HEBRIDES)
NEW CALEDONIA
FIJI
TONGA
SAMOA
TOKELAU ISLANDS
NEW ZEALAND
CHATHAM ISLANDS
COOK ISLANDS
HAWAIIAN ISLANDS
MARQUESAS ISLANDS
SOCIETY ISLANDS
AUSTRAL ISLANDS
EASTER ISLAND
TO MADAGASCAR
TAI–KADAI
PAPUAN
AUSTRONESIAN
① 4000 B.C.
② 3000 B.C
③ 2500 B.C.
④ 1200 B.C.
⑤ 200 B.C
⑥ A.D. 300–400
⑦ A.D. 800
0 1000 2000
SCALE(KILOMETERS)

由於中海拔高度的山坡地適於小米生長，族人能夠過著耕獵並重、無憂無慮的山上生活。他們所種的農作物種類繁多，並不限於小米，其他還有玉蜀黍、番薯、芋頭、樹豆、蠶豆、菸草、苧麻、生薑、山胡椒、山枇杷、柿、李等等。他們的耕作方法，已被證實比世世代代居住於海岸與平原的平埔族，更加進步。

族人燒山後，以草木焚灰增加土地的肥力，以傳統的手鍬翻土，用木椿、竹柵，或用疊石圍護斜坡上的耕地以保持水土，每隔五年到七年後就移到別處新開耕地，所以叫做火耕輪作。舊的耕地則種赤楊以培養土地肥沃。

簡單地說，在早期的年代裡，平埔族是靠漁撈的海洋民族，而泰雅族則是靠旱田耕作的山岳民族。

泰雅人在山上以農耕維持生活，但是在以往的年代，狩獵卻是男子平時所做的經濟生活。吃小米的民族要依賴富有蛋白質的獸肉以補充營養，所以非狩獵不可。進一步探討其動機，可以了解：狩獵不但是生活所必需，也是終年居住山上的民族的休閒與教育活動，更關係著部落的發展。因為部落建立於山中，族人經常受到大自然的災害，加上部落人口自然增加，或者是因為與近鄰的部落發生糾紛、對立，甚至爭戰而不得不遷徙於遠方。族人平時都趁遊獵的時候，預先找好將來可以移住的地方，先建獵屋、工作小屋，然後正式移居。看好的地方有水源，有充足的日照，因而先試種某種作物決定土地是否肥沃。首次有了收成便知道這地方適於開墾及移住，不是肥沃的地方就當獵場，所以遊獵的行為本身是一種不折不扣的經濟活動。

入山是自己的選擇

過去很多人以為泰雅人與其他山岳民族（如布農族、排灣族），是被迫退入山區的，也就是說，與平地人作生存競爭失敗的結果。現在已經有相當多的證據，推翻了原先漢人充滿優越感的想法。原來，台灣山區是泰雅人祖先最佳的選擇。

當我仔細踏查、研究古部落在山上分布狀況的時候，首先發現到古部落（也就是舊社）都選擇在緩稜尾端的平台上，尤其是圓潤豐滿的山，其向陽面通常是最早創立部落的地方。由於地方涼爽、日照充足，而且旁有小溪流迴繞，森林遍布到溪谷，那裡有野生動物，如山羌、山羊、水鹿等棲息，既能種植小米、芋頭，又能適

宜蘭縣大同鄉與南澳鄉的泰雅人是從西部遷移過來的。（小島由道，《番族慣習調查報告書》第一卷，一九一五）

時行獵，這是族人的祖先所發現的天然樂土，選在能夠自給自足的生活天地繁衍子孫，確實反映出族人高度的生活智慧。

例如泰雅人於十八世紀從台灣西部的祖居地向東部移動，其中，往立霧溪流域遷徙的一支，最先落腳的第一站，便是接近立霧溪源流的托博闊溪西岸托博闊社，社址位於一座饅頭山「杜鉾山」（發音托博闊）的南坡，屏風山與奇萊北峰東稜圍繞在西側與南側；而繼續東遷後落腳的第二站，便是位於立霧溪中游的支流陶塞溪畔陶塞社，其位置在中央尖山與南湖大山的南側，是一個被溪流迴繞的河階地。

立霧溪流域族人的原鄉，是在南投縣仁愛鄉境內合歡溪畔的高位河階地，傳說中的Taroko-Tarowan（舊社址的意思，今靜觀、平生一帶），位於峻險的奇萊連峰西側，當年是擁有五百多戶的大集團。居住於宜蘭縣大同鄉與南澳鄉境內的泰雅人，當年也是從西部遷移過來的，部分族人的原鄉是Taroko-Tarowan，但大部分族人的原鄉是分布於北港溪上游兩岸河階地，北面有白姑大山群峰，東邊有合歡山連峰為屏障，同樣是四季有陽光照耀、利於耕作自給的地形，也就是今日的瑞岩、紅香、帖比崙、翠巒一帶。當年，族人在族老帶領下，勇敢地繞過松嶺、匹亞南鞍部

當年泰雅人在族老帶領下，勇敢地越過匹亞南鞍部（今思源埡口，如圖），遠徙到東部後山安居。（古庭維攝影）

（思源埡口）與南湖大山北稜，遠徙到東部後山地界安居。

無論在原鄉或在遷徙地，地形特徵與建立部落的自然條件完全一致，顯示出這支山岳民族對大自然環境的喜愛與高度的適應性。

此外，我遍查了過去西洋人、日人與漢人所留下的台灣記錄，發現到一個事實：住在山區的台灣原住民（包括泰雅族）從來沒有與平地原住民（包括平埔族）大規模爭戰的口碑傳說。無論是誰先移入台灣島，山地原住民或平地原住民既然沒有彼此爭戰的記憶，那麼，應該不會發生所謂其中的一族被迫退入山中，或「優勝者占居平地，劣敗者退入山中」的狀況。

遷徙的習性

古時候，種植小米的山岳民族與從事水田耕作的漢民族不同的地方，是前者從事燒墾旱地，不斷地換取新的耕地並擴大獵場的範圍，而不得不經常遷徙；後者則從事水田耕作，不斷地在水田附近開闢水利灌溉設施，因而不能隨便放棄農田水利

明治時期測繪的《台灣堡圖》，密密麻麻地標示著山地原住民部落群。

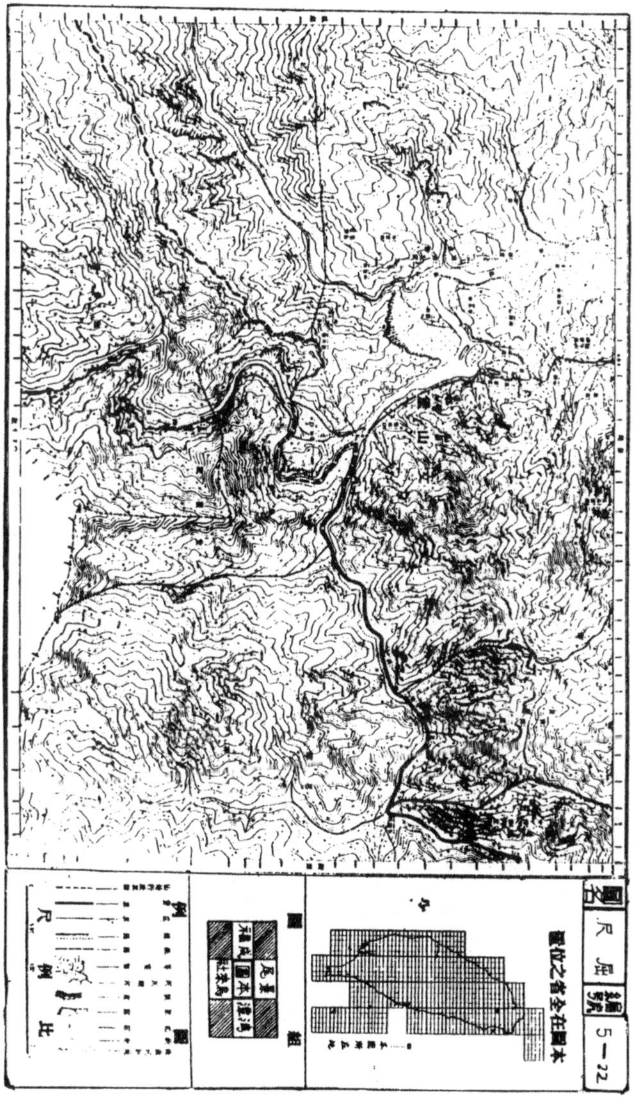

而移動，世世代代定居於平地，就近以蠶食的方式不斷擴充自己的地盤。當然，土地蠶食併吞的直接受害者，是千百年來選居於海岸、河口、溪畔及平原的平埔族。

翻查以往不同年代的精密地形圖，可以看出部落分布所傳達的各項訊息。日治時期，分別自明治卅七年（一九〇四）及四十年（一九〇七）起測繪的二萬分之一《台灣堡圖》及五萬分之一《各期蕃地地形圖》，很清晰地告訴我們一件有趣的事實：明治年代的地形圖都密密麻麻地標示著山地原住民部落群，這些部落分布於中海拔的高位河階或山麓階；而降至大正年代，部落還在，但是已經移動了位置；直到晚期的昭和年代，大部分的舊部落都已經消聲匿跡了。

從地形圖即可看出部落移動的軌跡，以及分離、合併、消失等變遷。當然，昭和八至十三年（一九三三～一九三八）間日政府基於政策需要，實施山地部落集團遷至山麓地帶，並強制族人更改傳統的生活方式（以水田耕作代替小米旱作與狩獵行為），以便改進山地原住民的生活，強化山地治安的管理，結果發生了大部分的部落遷走、舊社原址淪為廢墟，及傳統的部落生活型態被摧毀的現象。集團遷村以前，部落也曾經在原居地不斷地移動的事實，證明了族群遷徙原是南島民族所固有的習慣，與山地環境不適於人類永遠定居於一地的特性。

土地共有、共享的觀念

從事水田耕作的漢民族對土地的占有欲望與執著很強，即使已經擁有土地，仍然想要以巧計奪取土地。在歷史上漢人以武力霸耕平埔族土地，或以入贅平埔婦女家的方式侵吞更多土地的事例不計其數。因為平埔族不善於耕作，而且維持著母系社會，由女子繼承家產，讓入侵的漢人處於強勢地位，養成了一種根深柢固的貪婪、狡滑、保守的民族性格。

反觀山區的原住民，由於地廣人稀，族人視森林、原野、耕地、獵場、牧場，乃至於部落土地為祖先的恩賜。開墾者和子孫可以永久使用，但沒有明確的土地所有權觀念；非經開墾的所有土地是 sapattu（共有的），人是大地的一份子，祖先所留下的土地本來是族人所共有、共享的，不能任意宰割讓渡，更不可以買賣、擅自處分的。自然地，台灣山岳民族與美洲印第安人一樣，對土地很虔誠，認為土地和空氣、閃亮的雨珠、天上的浮雲一般，是所有生物所共有的。

對於大地的一片虔誠與分享大地的觀念，使泰雅族的道德觀、價值觀，絲毫沒有落後於其他山地原住民各族與平埔族。他們在傳統上不貪取土地、不改造土地的觀念，同時形成了族人的生態觀，以及豪邁無私的民族性格，確實與漢民族不同。

往日，好動的泰雅人在山上種植小米，也遊獵於高山溪谷，因而留下無數的山上耕作小屋、獵寮（tattaku），以及利用最佳地形條件開闢的越嶺道路、社路、獵路、姻親道路，以連絡本族的部落群，通往已有姻親關係或已訂定攻守同盟的各部落，但是他們從來沒有留下任何足以證明為私有物的標記。

任何旅行於山中的陌生人，不管是獵人、別族的人、登山隊或一般人，都可以自由地借用山上任何設施。屋外菜圃上的蔬菜、屋內的臥床、炊具，甚至貯存的小米、芋頭及貴重的飲用水、鹽巴，都任由他人取用。旅行者來去匆匆，除了行走時斬除樹枝所留下的砍痕和足跡外，什麼都不留。有時候屋主會發現曾經有過路的旅人借宿過，有的使用了屋內食物，有的留下所攜帶的多餘食物和器具給屋主。過路的人從未刻意去探問：「是誰的土地？誰的地上物？」

行走於濃霧籠罩下的林中，不期然地遇到避風雨的獵寮是登山者最快樂的時刻。獵寮附近通常有水源，不管是小溪或凹地上的雨水池（水是山上求生所必需），附近也有山菜可摘取。有時候在霧中聽見山羌、山羊的叫聲，也許牠們已從風勢探知有人走近，即使正在探頭喝水，也不時舉頭聳耳，做出警戒性的回顧。不期然地在山上與野生動物照面，是一件賞心樂事。

對我來講，在山徑上或在獵寮內與陌生的泰雅人一起過夜，每次都讓我留下深刻印象。在山上活動所受的肉體痛苦，事過境遷以後總是讓人遺忘，但是一夜促膝交談所帶來的，是甜蜜的回憶。在杳無人跡的荒山裡，總會受到泰雅人的照顧，尤其是風雨交加的日子，親眼看到他們快速地冒雨砍柴生火、搭建臨時棚屋棲身，夜晚升起因潮溼而燻煙瀰漫的火堆，傾聽他們談起古老的部落傳說、地名的來歷……。如果是好天氣，乾脆在星空下圍著熊熊營火露宿，彼此分享所帶來的食物。

這是大自然為我們共有、共享的實際體驗，雖然只是短暫的邂逅與促膝談心，或短暫的自然觀察及實地研究，都能夠讓我累積不少原住民當年為求生所獲的知識與道理，再對照早期進入泰雅族地盤做實地調查的學者所留下的第一手資料，使我獲益不少。

舊名是祖先最重要遺產之一

最令我感動的是泰雅人對高山祖居地的嚮往與眷念。即使部落遷移了很多次，最早的部落名稱永遠跟著新遷的部落「走」，也就是說，他們不改名。例如宜蘭縣南澳鄉的武塔（Buta）、金洋（Kinyan）、碧候（Piyahau）都是。部落名稱通常是第一次來開拓的祖先名字，或與部落的某一個事件、地形特徵、當地植被、特產有關，因而保留舊名是部落族人遵守祖先垂訓、肯定自己文化傳統的一種方式，同樣屬於南島語族的平埔族，也有同樣的心情與作法。

族人遷徙後繼續沿用舊的社名，原是基於對祖先的認同，是件好事，但是對於地理探索者、地圖測繪者，卻造成了不少困擾。因此，當有人問我某某山地部落的位置，我有時候會反問對方：「是清代以前的舊址？日治初期明治年代的部落？或是昭和年代集體遷村後的部落？或者是國民政府占據台灣以後標示漢名的部落？」

不同年代的地圖所標示的某一個部落，名稱即使不變，但其位置大不相同，使人感到撲朔迷離，何況是被改名的部落。

南部魯凱族或中部布農族的部落也是如此。比如 Kochapogan 社（好茶社）無論怎樣遷徙，永遠是好茶社。Kochapogan 社可能是指現在的屏東縣霧台鄉好茶村（新好茶），也可能是指舊好茶、古好茶……。祖居地在濁水溪上游巒大溪畔的布農族巒社群，從 Asanraiga 社（巒大社）分離，整整一個世紀後已遷居於拉庫拉庫溪中游，建立一個新部落，但族人仍然把它叫做 Asanraiga 社（日人及漢人譯其音為阿桑來嘎社，以區別舊社「巒大社」）。

固有的山名、溪名、地名、社名等維持了千百年，但是到了三、四百年前漢人移入台灣以後，整個局面都改變了。漢人沒有徵求原住民的同意，使用大漢沙文思想的字眼更換原住民舊地名，如仁愛、法治、信義、親愛、復興……，使原來能讓人辨識原住民地區山川、部落的原音，全部被消滅殆盡。比較起來，日人比較有良心，他們對山地名一直用原音稱呼，也用標示原音的日文片假名（音標）來記錄。

原來這種有良心的做法，是有其來由的。明治三十年（一八九七）前往蘭嶼

鳥居龍藏嚴厲指責擅自更改原住民部落名稱。

（紅頭嶼）作人類學調查的鳥居龍藏，看到比他早幾個月前去探險的日人擅自更改雅美族（今更名達悟族）的山、溪、部落名稱，並繪入地圖呈交總督府，不禁發出嚴厲的指責：「一個地方或一個部落固有的地名或社名，我們有義務加以保存，要謹慎避免毫無意義地使用新地名或新社名。紅頭嶼古來就有完美的山名、溪名及社名，我們絲毫沒有理由硬創新名來稱呼。在這兒，我站在學術上的立場，說明保存固有土名的必要性。」後來的台灣總督府官員及學者，就一直依照鳥居博士的建議及做法。

第二次世界大戰結束後，日人退出台灣，在國民政府統治下，台灣人民嚐到了各種逆道而行的惡果。由於地名的改變，加上地形圖的嚴密管制，使一般人，甚至學術研究者不熟悉地圖判讀，以致對山地很陌生而裹足不前，把占台灣島總面積四分之三的廣大山地及原住民文化忽略了，其認識不足的程度，也許比對外國或中國大陸所了解的還低。這是目前不容爭辯的事實。

看不到祖先的記錄

泰雅人和其他台灣島上的原住民族一樣，雖然沒有文字，但是有深厚的南島民族文化淵源。口述資料豐富的程度，讓統治台灣五十年的日人驚異，因而全力加以保存、研究，累積的學術踏查資料及專書可以說多到汗牛充棟，但戰後五十年來，大部分的日人研究資料一直被塵封在圖書館裡，不見天日。

就泰雅人的資料來說，舉凡神話、傳說、部族分類、分布、爭戰、媾和，以及文化習俗等，鉅細靡遺地收存在日文書中。例如《以原音彙編之台灣高砂族傳說集》、《台北州理蕃誌》、《泰雅語典》、《番族慣習調查報告書》八冊中的泰雅族篇……，泰雅人及一般研究者都無法看到經過詳細考證過的中文譯註版，加上一般研究者不識日文，使珍貴的記錄被束之於高閣。假如一支民族被長久蒙住眼睛，看不到自己祖先的口述記錄，無法從文字記錄看到有關祖先的生活面貌及固有文化，那是多麼可悲啊！

族群的文化傳承中，最重要的莫過於民族發祥之地了。泰雅人和其他各族一樣，有素樸的山岳信仰，住在不同地區的族人，各有自己的生活圈，而維持其文化圈的主軸，是一套涵蓋祖先發祥地及子孫繁衍、遷居、奮鬥過程的神話傳說。

霧社一帶的族人崇拜中央山脈能高、安東軍段白石山及向東延伸至牡丹岩、牡丹神石一帶的聖地，深信祖先降生於白石山頂；而住在雪山至大霸尖山高稜（聖稜線）以西大安溪中游的族人（北勢群及南勢群），則崇拜大霸尖山為祖先降臨之地；另外，住在北港溪上游的族人則深信位於瑞岩，一大一小的賓斯布干岩石，是祖先降生之地。神話傳說所蘊含民族文化的意義深遠，仔細研究以後可以引出很多豐富的，如史詩一般動人的族群遷徙史、文化史等珍貴的遺產。

無論是北美洲的印第安人文化，或是紐西蘭、澳洲的土著文化，都一直受到政府機構的保護，族人都能夠透過文字及影像記錄，了解沒有文字的年代中，有關自己族人的歷史文化。但是，很可惜的是五十年來國民政府與學術界的冷漠，使台灣原住民不怎麼了解自己的文化，也得不到社會應有的重視。

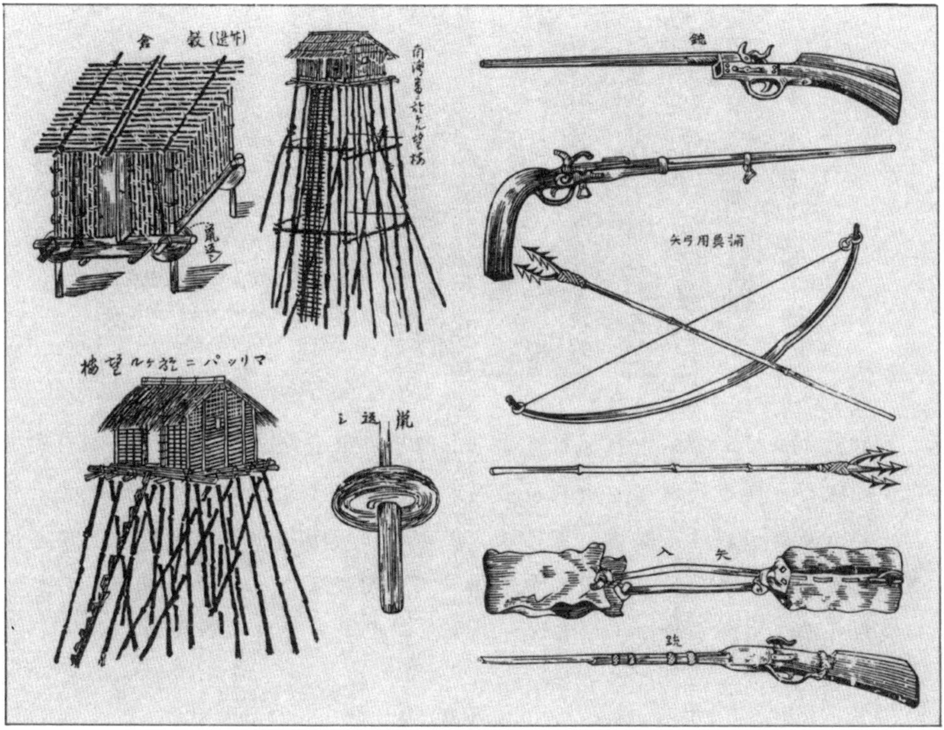

《番族慣習調查報告書》(一九一五)中有關泰雅族建築及器物的圖繪。

對祖居地的懷念與行動

泰雅人和其他各族雖然長期陷入了這樣的困境，但是幸而本能上或有自覺的，對祖居地的部落生活，寄予深厚的關切與懷念。他們懷念祖先所遺留的一片山林，懷念曾經在山林中的快樂生活。

即使已遷到山麓地帶，或者因為工作關係生活在都市，他們不會忘記那遙遠的故土。山上的原居地已經變成了高山集水區、生態保護區、國有林地、造林地，或是一片寂寥的廢墟。舊社已荒廢到甚至年輕的族人子弟都無法確認其位置的程度。但是，那裡曾經是祖先勤勉耕作、遊獵、聯婚，為保衛部落而爭戰、為生活奮鬥了一輩子後安眠的聖地啊！

現居地是所謂文明社區，是當年祖先棄之不顧的瘴癘之地，如今居住於現代文明的社區，族人卻思念著原始的部落，隱然透露了對現實生活有所不滿，要求重新回顧當年遷至山下以前的部落生活，為苦悶的現實生活打開一條活路的心願。

當然，已漢化的平埔族，甚至漢人也有用各種方法紀念祖籍地的習慣。例如平埔族平時操漢語，但是每年用傳統方式祭祖會飲的時候，都談起原鄉，特別在儀式中呼叫祖先名號的時候，改用祖先的原音。這是一個很好的例子。南遷花蓮縣的加禮宛平埔族懷念宜蘭的故土，而居住在台東縱谷及東海岸達一百多年的平埔族，也都懷念東遷以前的西部沃野，兩者都是出自於同樣的心情，幾乎與泰雅人及其他山地民族是一致的。

但是，泰雅人在行動上比平地居民表現得更熱烈、更徹底。至少從（一）今日仍持續的遊獵行為；（二）回鄉過原始生活；（三）嚮導高山探險；（四）回鄉尋根的浪潮這四個層面，可以驗證族人對曾經馳騁過的山岳及山林原居地，有超越時空的眷戀，進而理解他們對於這廣大的山林地擁有原始所有權的道理，了解他們對祖先所遺留的一片保留地，願以生命的代價抗爭，要爭回已喪失泰半的自主權的心理因素。

（一）今日仍持續的遊獵行為

古時候，男性的泰雅人與其他山地各族一樣熱愛狩獵，而且他們的狩獵技術相當高明。在武陵七家灣溪與環山司界蘭溪，曾經有志佳陽社（今環山）的泰雅人，用竹弓射魚、射鳥，算是特例，一般來講，泰雅人的狩獵行為屬於高山行獵的範疇。

早期年代，每人帶一支槍、一把番刀去進行山林遊獵，晚期則併用獵槍、長矛與陷阱。日治時期槍枝全被沒收了，名義上由地方警察代為保管，部落裡的人要出獵的時候向警官駐在所申請借用槍枝，每人每次只能使用五發散彈，槍用過以後要交還警察。第二次世界大戰以後，由於嚴禁持有槍械，族人改用陷阱，但是隨後政府發布禁獵令，據我們所知，現在仍有一些獵人繼續進出於高山溪谷，以陷阱方式獵捕野獸。由於山上收回獵物的時間不一定，在登山過程中我常看到已腐爛的山羌、山羊、水鹿，漫無節制的陷阱獵捕，戕害了無數的生靈，破壞了生態的均衡。

違法的行為不能杜絕，一方面是因為平地饕客一窩風貪吃野味進補的惡習，平地山產店供不應求，市場的需要自然引誘擅於狩獵的原住民鋌而走險。

但是，我想無法禁獵的真正原因，是泰雅人世世代代遨遊山林、圍獵取樂的傳統習慣。生活在山上，以小米旱作為生的原始部落人，最大的娛樂便是遊獵——遊而獵，雖然部落已經被迫遷到山麓或平地，山岳民族傳統的遊獵尚武的習尚，怎麼

無法禁獵的真正原因，是泰雅人世世代代遨遊山林、狩獵尚武的傳統習慣。（小島由道，《番族慣習調查報告書》第一卷，一九一五）

會在一夜之間、一聲禁令之下消失無蹤？令族人熱血沸騰的山林奔馳，又怎麼能被抑止？

於是，曾經是獵人的族老呼孫帶子到山上去，有的人不服老，單槍匹馬回到山林重溫舊夢。近代人行獵不是為了生計，所以或有收獲，或空手而回，對族人來說已經無關緊要。我過去多次在山上與今日的遊獵者相遇，也暢談過這件事。面對著衣裳單薄、腳上一雙雨鞋、沒有雨具與睡具，僅帶少許食鹽與白米便上山的老獵人，我回顧我一身齊全的裝備，既有帳蓬、睡墊、睡袋，也有充足的糧食與炊具，我每次都覺得我們平地人過度保護自己，面對著大自然顯得太軟弱了。

「獵物不多，又有禁令，為什麼要半個月時間或更長的時間往山上跑？」我假裝訝異地問。對方總是笑笑，不作答。其實登山多年，我早已猜出老獵人內心的祕密。

回到昔日的獵場，為的是要看看那一片仍然生氣勃勃的桂竹林、果園與廢耕地。縱然老屋及穀倉已傾倒，但往日自己親手堆砌的牆垣猶在。由於屋內葬的風俗，傾圮的屋牆內地面下，祖父或曾祖父仍安眠於此。已經離開故園幾十載了，故園的一切無時不在魂牽夢迴中，怎麼可以不去探望？

行獵不過是回山上探望故園的藉口，也是行程中野外生存所必需，何況還有重溫馳騁於山野的快樂！祭祖的快樂！巡視祖先遺物的快樂啊！

（二）回鄉過原始生活

二十多年前，我和妻子徐如林認識了老泰雅（後更名為太魯閣族，於此文中沿用泰雅族舊稱）——哈隆・烏來、哈擺夫婦，並曾經一起登山，成為我們一生中美好的回憶之一。這一對老夫婦早於四十多年前，就放棄了位於太魯閣峽口附近富世村的家，回到山上陶塞溪中游的老家，過著自耕、自獵、自織的原始生活。二月的雪期，我們和哈隆溯行於陶塞溪，想從溪的盡頭強登積雪的南湖大山。踏雪溪而行極為艱苦，但是哈隆始終以風趣的語氣，給我們解釋沿途各舊社的名稱、沿革和爭戰史，時而唱起泰雅語的基督教聖詩（我卻用台語和他合唱〈至好朋友是耶穌〉），時而伸長脖子向山頭狂嘯一番，沖淡了我們連續橫渡漂浮著雪塊、冰冷刺骨的溪流，與拖著冰凍的雙腳爬上雪坡的痛苦。

哈隆自己搭建的泰雅式竹屋雖然沒有電燈，但是每次到哈隆家，總是看到這對夫婦爽朗健康的臉，使愛山的徐如林和我，如同回娘家一般快樂。

哈擺說，山上的原始生活不會使她感到寂寞，每隔一段時間，山下的兒女會送來白米，兒女臨走時總是有母親親手用傳統織布機織製的「番布」，以及鹽漬的野豬肉給他們帶下山。

哈擺有時候會隨著哈隆往上游溯行，這一段沿著陶塞溪踏出的原住民姻親道路，直通蘭陽溪的匹亞南社（南山）、四季薫社（四季）。她一邊走，一邊重溫幼年時期的回憶：上蕃童教育所時，她是一個健跑的田徑選手。曾經有一次，四季的蕃童學校開運動會，她代表立霧溪這邊的陶塞社，溯這一條高山溪流到南湖大山，橫越很多山頭到蘭陽溪畔的四季，比賽過後再回爬南湖大山，來回一個多禮拜。每講起這一件兒時的回憶，哈擺熱情洋溢，感染到爬南湖大山的我們，或抱著好奇心專程來訪問的人。

記憶中的原鄉總是美好的，而真正以行動實踐回鄉安居，過著沒有電燈、沒有電視（連收音機也故意拋開不用）的原始生活，不只是哈隆夫婦，現在的泰雅人，

蘭陽溪畔的四季社。（一九二五年；松本良一攝）

以及別的族群都有人抱著這種願望。就我個人所知道的，有更多的族人正在計畫大膽地回去過那種自給自足的生活呢！

（三）嚮導高山探險

由於泰雅人先天具有高山奔馳的體能，無論是晴雨或雲霧蔽天的天氣，他們都不用看地形圖也能夠判斷附近地形與小徑的去向。吃苦耐勞與很好的嚮導能力，使他們在一個世紀前就被日人的山地測量隊、森林調查隊及學術探險隊所重用，擔任高山嚮導。短則一個星期，長程的則要一個月活動於山中，其間主隊留在山上，部分的挑夫上下山搬運糧食。

以生物地理學者（後來轉攻人類學，同樣有卓越成就）鹿野忠雄的雪山探險為例，可以了解泰雅人及其他各族如何參與學術調查的危險活動。

一九二六年七月十五日，第一次登上雪山以後，鹿野瘋狂地連續七年，八次縱橫於雪山山脈，他身邊只帶著一個執槍、背著標本箱的泰雅高山嚮導。主要的原因是一九二八年第三次登上雪山時，首次發現了冰河地形遺跡，在雪山至大霸尖山的所謂聖稜線西側，以及雪山北峰、品田山、大劍山，共有三十四個冰斗，同時也檢測了像翠池等冰蝕湖的水質。後來，鹿野展開了雪山動、植物相的調查，身邊的人卻是一個阿美族青年托泰・布典（陳抵帶），托泰以不領薪、只獻身於學術探險的熱情，帶著剝製動物標本的儀器與獵槍，如影隨形般跟隨鹿野博士。

假如不是熱中於山岳奔馳，任何人不可能拋開正業，餐風宿露去陪學者，連續過一個月以上的山中原始生活的。到底是什麼觸發往山上做危險活動的意願呢？答案很簡單，山上是自己族人的土地，是精神上的寄託，是一股發自內心的力量正在誘導他們回到山上！

……與蕃人一起穿越美麗的原生林，在眾多勇敢的蕃人中，我選擇了驍勇無雙的太魯閣蕃人與我一起活動，不多時，獵獲的鳥類愈來愈多。我不會忘記他們拉弓射鳥的樣子。……有時候飛箭刺穿了一隻鳥或一隻飛鼠，而停在樹枝上，蕃人是不會隨便放棄那一支箭的。無論是多麼危險和困難，他會毫不猶豫地爬上樹取回這一支箭，如果箭卡在小枝頭上，則拔出蕃刀砍斷樹枝取回。他們並不是珍惜一支箭的意思，在沒有收回獵物的情形下，要是白白損失一支箭，是一件可恥的事。遇到這種古武士的膽識，我內心非常高興。

這是鹿野博士在〈中央尖山的攀登〉一文中追憶泰雅嚮導的往事。

雪山地壘的南側有泰雅族的古老部落「佳陽社」，這個部落早已淹沒於德基水庫中，但是家已遷到新佳陽的一位泰雅好友威蘭・雅布（劉金盛），七十一歲，幾年前我和他初次見面時，彼此就約定了從舊佳陽循著香菇路直登劍山的計畫。

原來，他和我分別從不同的線索，發現鹿野忠雄曾經從佳陽社直登這座海拔三千公尺的處女峰（小劍山）。當時我從威蘭孩童般純真熱情的眼神，讀出了他心中的事。

住在橫貫公路上的新佳陽，威蘭仍不忘情於已淹沒在水庫中的佳陽社與耕地，湖水無法阻止他回去探望未被淹沒的劍山下的耕地、香菇寮，以及劍山背後的志樂溪中游，那裡是佳陽社族人所擁有最古老的獵場。平日在高山照料蔬果和香菇，使

鹿野忠雄（左）進行雪山動、植物相調查時，身邊帶的是阿美族青年托泰・布典（右，一九九三年，楊南郡攝影）。

他的身體還硬朗，七十一歲的老泰雅想藉由我的劍山直登計畫，重溫昔日山林探險的日子。

一九三五年，一個日本大學的登山隊在一篇記錄遠征雪季中台灣高山的文章〈雪季中的次高山、大霸尖山縱走〉中說：「泰雅族嚮導行李隊裡有男有女，其中一個蕃女把嬰兒放在背籠裡當起腳伕，隨隊走到大霸下營地。」從這篇報導可見甚至泰雅女人也不甘落後，背著笨重行李與嬰兒登雪坡，令人大為驚嘆。

老家在志佳陽社（環山）的泰雅奇女子詹秀美（一九三〇年代出生），曾經用日文寫了兩本山岳回憶錄《雪山》與《環山》。文中她提到五十多歲的時候，仍繼續以友人兼女嚮導的身分陪同從日本來的雪山、南湖大山遠征隊，在積雪期中與大學生以繩結的方式登上雪山。她回憶說，部落內的女子都喜歡走上獵路往部落背後的這座台灣第二高峰。「在登山過程中，夜裡圍著營火，合唱當年陪鹿野忠雄攀登雪山與南湖大山的托泰・布典教唱的情歌〈伊保樹之歌〉，變成了慣例。」歌曲是卑南族的，但日文歌詞是托泰自編的，而伊保樹正是赤楊樹。詹秀美筆下的部落人似乎都喜愛浪漫的、跟渡假一般的高山之旅，也喜歡那首被來台的各支日本大學登山隊所喜愛，並風行到日本的〈伊保樹之歌〉情歌。

（四）回鄉尋根的浪潮

一批一批的台灣漢人進香團前往海峽對岸的湄州拜謁媽祖，而在國內，遷居於花蓮縣的加禮宛平埔族，也組團回宜蘭老鄉尋找族人自己的根，這些活動已經不是新聞了。同樣地，分散於台灣各地的原住民，也紛紛表示要回山上的老鄉探望，尋找自己的根，更有些人正在研究前瞻性的計畫。

過去被認為前人足跡罕至的高山地帶，已被證實是原住民早期活動的場所，到處是聚落遺址。遺址的確實位置，現在只有族老還記得，我所認識的各地族老，都有強烈的欲望，要回去探望故園。

隨著南部魯凱族好茶社與排灣族瑪家社等，因為瑪家水庫興建計畫而抗爭，凸顯了村落的存廢問題，進而觸動乾脆搬回山上舊社的意願。

其實，早於十多年前我去踏勘北大武山的北稜時，順道向瑪家的方向下山途中，曾經走過射鹿社舊址，看到很多族人已遷回，正在整建舊石板屋。當時我看到他們按照傳統的建築法去做，手工一點兒也不含糊。

家在屏東縣水門的老友奧威尼．卡露斯（邱金士），曾經於幾年前帶我去探望舊好茶、古好茶及巴魯關（祖靈聚居的聖地），最近我獲悉他已把舊好茶的老屋重建了，和一些部落老人一起遷回山上居住。

中部布農族也曾經有一波一波回山上尋根的活動。例如南投縣信義鄉地利村的族人曾經返回丹大社祭祖，並尋出祖先的老屋，但是竟然發現祖墳上已有粗大的柳杉長起來。這是舊社變成造林地，令人悲痛的事例。信義鄉豐丘村的布農族人在幾年前也回到郡大溪畔的隆凱板社及巒大社尋根。從這些零星的活動，可以想見回鄉的道路雖然既遙遠又艱辛，但是阻止不了回鄉尋根、尋回族群文化的浪潮。

在泰雅人的地區，也有多件回鄉尋根、祭祖的例子，大家不約而同地做著這件事。例如宜蘭縣南澳鄉曾經先後回去探望舊金洋、舊碧候、舊流興、舊武塔，最近一次在鄉與村等單位號召下促成的大規模活動，引起了媒體與政府機構的重視。

我們不能將這種自發活動看成單純的心靈歸趨問題。如果對現居地生活的困境稍加注意的話，可以發現過去五十年來國民政府錯誤政策主導下，原住民的傳統文化已崩壞殆盡，不只是語言、風俗的喪失，最重要的是混居在優勢民族的社會中，無法適應平地的水土，甚至因而喪失掉對自己族群的認同。由於政府沒有做出積極的保護少數民族的措施，原住民的失業、酗酒、親子疏離、子女教育問題，以及肺結核、肝硬化的感染率與自殺率的居高不下等等，吞噬了族人的身心，不知造成了多少家庭的悲劇！這些幾乎無助的現實困境，促成了族人開始認真考慮解決之道。自救之道是回鄉重建家園為示範文化教育的場所，讓所有年輕的下一代認識自己文化的價值，同時積極改善現居地的生活環境。

山上清澄的空氣、清冽的泉水、簡樸但自由的山居，能否讓過慣了平地文明生活的族人，萌起搬回去的意願？至少分為不同梯次、不同時間與人力回去重建家園，做為退路，是不是可行？以前沒有人想過這個問題，但是愈來愈多的族人相信這不是夢。

住在蘇俄國內以飼養馴鹿為生的少數民族，曾經向政府呼籲：「把我們的土地還給我們吧！不再被石油汙染的清流與湖水、能夠讓我們繼續漁獵的土地、祖先神聖的墓所、不再被侵占的土地！」

太平洋夏威夷群島上的原住民本來過的是無憂無慮的生活，自從觀光事業被引進到這片樂土以後，原住民在一夜之間變成了旅館、洗衣店、高爾夫球場的工人！他們眼巴巴地看著祖先的墳墓變成考古挖掘的場所；原來從事漁撈的海岸變成觀光大飯店林立的街道；山丘上從事採集與狩獵之地，變成高爾夫球場，以招徠外國觀光客大量湧入。這時候，原住民忽然驚醒了：「我們從島上主人的身分，突然變成遊樂設施的奴僕，是失根的少數民族。」

終於，被壓制的原住民發出了沉痛的怒吼：「趕快制止觀光事業的無限擴張吧！還我被偷的土地！還我傳統的生活方式！」

我想蘇俄的養鹿民族與夏威夷的原住民所面臨的困境，絕對也是泰雅人及其他台灣原住民目前所面臨的困境；外國原住民沉痛的心聲，也是泰雅族人共同的心聲。

——一九九七・七

哈里布斯布斯，嘴在冒煙

——從一個有趣的地名窺見早期台灣史

一九九六年夏天，六十五歲的我與六十七歲的登山夥伴林古松，加上兩位台大登山社山友，一起到台東縣卑南鄉大南村，準備由此前往大南舊社和位於肯杜爾山的大南祖社。大南村曾經遭受風災與火災而毀村，重建後的部落被命名為帶有漢人祈福意味的「東興社區」。近年來，原住民意識抬頭，於是決議將村落之名恢復為最早期的名稱 Taromak（大魯瑪克）。

大魯瑪克屬於東魯凱群，族人自古以來皆自稱大魯瑪克人，而不稱作 Rukai 人

（魯凱人）。它是東部唯一的純魯凱族大社，過去一千年來，部落歷經數次遷移，從海拔一千九百四十七公尺高的肯杜爾山（大、小鬼湖東方），沿著向東伸展的長稜，逐次遷移至目前位於大南溪與利嘉溪合流點下方的大聚落，也就是地圖上標明大南村的大魯瑪克。

遷移過程中，大魯瑪克人聚居於大南溪北岸，海拔五百六十五公尺處的「舊」大南社的時間最長。大南舊社是我們訪查的第一個目標。

六月十一日清晨，我們一行人和事先約好的原住民嚮導Okeniga（漢名田水生）從大魯瑪克出發。六十一歲的Okeniga，是個精瘦高䠷的獵人，由於經年在山間狩獵，或受雇於測量隊背負器材登山，曬出一身古銅色肌膚及保持依舊精敏的眼神和身手。

我們沿著產業道路來到大南山南坡，看到路旁有一棵高大的雀榕，正上方就是日治時期大南警官駐在所的舊址。由於近年檳榔園擴種到此，原本的古道及屋基都被翻剷殆盡，只留下兩片三公尺高的駁坎和幾個石階。

路的下方是一大片部落廢墟和廢棄旱田，數道溪溝沿著緩坡平行貫流，注入南面的大南溪。這裡正是大南舊社，它所選取建社的地形，正和其他山居的原住民部落一樣，都是在圓潤的山肩，同樣有小溪貫流耕地和部落。這樣的地形，原是最容易生活且最不易受災的。然而最新的部落位置，（在日治時期的強迫遷村及戰後國民政府的「德政」下）紛紛設立於溪畔河階，以致於洪水、土石流毀村慘劇層出不窮，真令人慨嘆。

清除部落廢墟上的灌木及雜草蔓藤後，發現許多殘破的陶甕和酒瓶，以及原本作為屋瓦的石片傾頹散落一地，其中數片屋瓦均穿有小孔，用於綁繫藤索。限於人力只能清理一小部分，但是已可看出昔日部落的富足與規模。

離開部落繼續往前走，不久，看見路旁有一堆二尺多高的疊石，用來做為休息之用，人可以靠坐在上，背包或背籃也可以很輕鬆地暫時擱在上頭。

我們也不能免俗地坐下來休息，這時山風吹來，令人感到非常舒暢，心情愉快的 Okeniga 說起，這個地方名叫「哈里布斯布斯」，意思是「嘴巴在冒煙」。

哈里布斯布斯，嘴在冒煙，多有趣的地名！它是怎麼來的？

原來，早在鄭成功來台之前，荷蘭人已經在治理台灣了。根據「荷治時代台灣

大南舊社（大魯瑪克）所用的屋瓦石板都穿有小孔，用於綁繫藤索。

史」權威中村孝志博士編註荷蘭海牙國立總文獻館典藏的台灣檔案，西元一六五〇年五月一日，荷蘭政務員在卑南（台東）召開各番社頭目、長老的地方會議後，提出番社戶口表，其中一項記載卑南地區番社中，位於南部的有「Taroma及其後方尚未歸順的七個番社」。Taroma就是Taromak（大魯瑪克），也就是我們所到的大南舊社。

荷蘭人雖然統治了大半個南台灣，勢力也伸到東部，畢竟只是漢人、平埔族和少數居住平原淺山的原住民的地界。深山的馘首習俗當然嚇阻了荷蘭人，而像大魯瑪克這樣不深不淺的部落，偶爾還是有荷蘭人冒險一探。

話說從前某日，有個荷蘭人深入大魯瑪克一探，當他走到這裡，看到路旁的疊石，就坐下來休息，點了菸草來抽。這時候剛好有兩個魯凱少女汲水回家，看到這個紅髮碧眼、皮膚蒼白的怪人，從嘴巴裡噗噗地吐出白煙，嚇得魂不附體，裝水的陶甕一摔，沒命似地奔回部落。一面跑，一面大喊：「Haribusbus！Haribusbus！」這是古魯凱語，意思是「嘴在冒煙！嘴在冒煙！」頭目聽到這個消息後，立刻召集社內勇士，持番刀出來迎戰這個「妖怪」。這個倒楣的荷蘭人，沒

大南舊社遺址中散落一地的陶甕和石板，可看出昔日部落的富足與規模。

想到抽個菸竟然引來這麼大的麻煩，嚇得狂奔而去。大魯瑪克頭目和勇士們順利完成驅除妖怪的任務，特地把妖怪休息抽菸的地方命名為哈里布斯布斯。

三百多年後，我們藉著這個有趣的地名，看到早期原住民和外來客相遇時擦出的火花。台灣雖然只是個蕞爾小島，但是由於獨特的地理位置及恰有親潮、黑潮兩大洋流通過，自古就有許多外來文化漂流到此。來自大陸南陲的苗族，來自東南亞地區的馬來族，來自北方的琉球人，都曾帶來文化土壤。

十六世紀西歐海洋霸權的興起，為台灣帶來更大的衝擊，其中有效統治南台灣長達三十八年之久的荷蘭人，更引進耕牛、王田制度、栽植菸草的技術、蔗糖大規模化的生產，甚至為蔗農興建醫院……，改變了台灣的經濟結構。而為了便於統治，對本地文化、習俗、語言、戶口的調查也頗下功夫，留下成篇累牘的古荷蘭文獻報告，等待我們去發掘。最重要的是伴隨殖民官吏而來的傳教士，他們教導平埔族以及淺山地區的原住民讀寫羅馬拼音字，在宗教與教育上都留下深遠的影響。當然，這一切都是為了殖民者本身的利益，但同時也為早期的台灣文化，注入更豐盛的內涵。

——一九九七・十一・十一

為什麼是凱達格蘭？

總統府前那一條寬闊的大馬路，近來成為僅次於總統大選和中共軍事演習的話題焦點。當台北市府宣布新的路名為「凱達格蘭大道」時，群情大嘩。

「什麼凱達格蘭嘛，聽都沒聽過。」

「怎麼民主大道、台灣大道不好嗎？偏偏要取個外國名字。」

為什麼是凱達格蘭？你不知道凱達格蘭是血液中的一部分嗎？

大約在西元一世紀的時候，屬於南島語族的凱達格蘭人，駕小舟乘著洋流來到台灣島北部；學者考證他們最早的登陸地點在三貂灣，也就是現今核四廠預定地附近。他們在那兒建立了最初的部落，然後沿著海岸或順著河谷慢慢擴大勢力範圍，最後，淡水河系的基隆河、大漢溪中下游，以及北海岸和東北海岸，都可以見到凱達格蘭人的部落。

這些部落的名稱，有一部分成為現在的地名，例如原本是大雞籠社的基隆，雞籠之音來自於凱達格蘭 Ketagalan 省略中間音節而成。日治時期稱台北市中心及現在東區、南區一帶為「大加蚋堡」（一作大佳臘），大加蚋的由來，即是省略 Ketagalan 第一音節之後的譯音。

其他如我們所常聽到的八里坌、北投、大浪泵（大龍峒）、艋舺、秀朗、暖暖、錫口（松山舊名）、金包里（金山）、圭柔、八芝蘭（士林）、搭搭悠、大屯、大嵙崁……，這些語意在可解、不可解之間的地名，其實只是早期閩南移民以福佬音譯的凱達格蘭社名。

如果家裡有老人家，他們口裡可能還在使用下面這些凱達格蘭地名，例如：嘎嘮別（關渡山麓、稻香里）、唭里岸（石牌國小一帶）、奇武卒（大稻埕城隍廟一帶）、雷里（東園國小一帶）、里族（內湖、石潭、碧山一帶），也知這「擺接」

指的是板橋；社仔就是麻少翁社社眾聚居的地方；他們稱三芝為小雞籠仔。一百年前，日本學者伊能嘉矩來台灣調查淡北一帶平埔族時，曾經在小雞籠舊社庄總理曾石岳家中過夜，曾石岳就是前總統李登輝的夫人曾文惠的祖父。

漁獵維生的凱達格蘭人，在豐饒的台北地區生活了一千年，除了颱風、地震等天災和疾病之外，幾乎沒有外敵（近台北盆地南緣山區的泰雅族鄰接者除外），因此他們有著樂天的性格，溫和慷慨是早期與他們接觸的外人共同的觀感。伊能嘉矩就特別提到過：當他在武勝灣舊社（板橋港仔嘴）遇大雷雨時，當地的人立刻借他雨傘，到雷朗社時風雨大作，該社頭目再三邀請他留下過夜，「對陌生外客的親切慷慨，是漢人遠不及的」。

清朝康熙年間，郁永河到北投採硫時，為他駕莽葛舟（艋舺）、建工寮、採硫的就是凱達格蘭人，他在公餘寫下許多描繪凱達格蘭人習俗和生活即景的竹枝詞。例如兩首寫到凱達格蘭人的親水生活：

莽葛元來是小舠，剞將獨木似浮瓢。

月明海溢歌如沸，知是番兒夜弄潮。

覆額齊眉擾亂莎，不分男女似頭陀。

晚來女伴臨溪浴，一隊鸕鶿蕩綠波。

光緒年間來宦遊的李振唐，對於他們樂天安命的生活更是羨慕有加地，留下這首竹枝詞：

瓜皮艇子水如油，蜑婦山花插滿頭。

日日江邊嬉水罷，一生不識別離愁。

凱達格蘭人是母系社會，當「查畝子」初成長時，阿母就為她另建一屋，未婚者用細竹編成腰箍，緊緊地束著腰以保持苗條身材。仰慕少女的少年「查埔」，以鼻蕭表達愛意，情投意合者就「牽手」結婚，大多數是入贅於女方家中。

婚後同坐同遊，夫婦相親暱，雖富有也不用婢妾、僮僕。終身不出里門，一生不知有生人離別之苦。（見《諸羅志番俗考》）

凱達格蘭人喜歡喝酒，每年春秋都要舉行一次會飲儀式。會飲前先祭拜祖先，他們相信靈魂不滅，也相信藉祈禱、夢卜，可以與祖靈溝通，「尪姨」是幽明兩界的溝通者。

漁獵之餘，凱達格蘭人也從事種植；明鄭時代，鄭成功的部將到台北屯墾時，發現原住民已經懂得種植旱稻與豆類。

稻米除了作為糧食外，最重要的就是釀酒。凱達格蘭少女取一些生米嚼爛作為酒種，封入竹筒數天後就發酵成為一種略帶酸甜味，色澤乳白的原始米酒了。

郁永河想必喝過不少這種「番酒」，他的竹枝詞裡有三首，生動描寫了凱達格蘭人飲酒的習俗：「種秫秋來甫入場，舉家爲計一年糧。餘皆釀酒呼群輩，共罄平原十日觴。」呵呵，連喝十天來慶祝豐收呢！酒興大發的凱達格蘭人則是興奮地：「對酒歡呼打剌酥！」啊，當然還要留一些私房酒：「竹筒爲甕床頭掛，客來開筒勸客嚐。」

啊，這個開開心心、慷慨善良的民族哪裡去了？為什麼現在除了學術研究者之外，這麼多人都在問：「凱達格蘭是什麼？」

凱達格蘭族被漢人歸類為「平埔族」，其實，「平埔」並不是一個種族，只是相對於「高山族」的一個稱呼而已。我們現在知道，被總稱為高山族的台灣原住民，其實是包括了泰雅、賽夏、布農、阿美、卑南、鄒、排灣、魯凱、達悟等不同的種族。同樣的，因居住於平原地區，而被總稱為平埔族的原住民，也包含了凱達格蘭、噶瑪蘭、道卡斯、大武壠、拍瀑拉、巴則海、洪雅、西拉雅、馬卡道等不同的種族。

在西元十六世紀之前，這二十族語言、文化、血緣各異的台灣原住民，各自分布在台灣島及蘭嶼等不同地域，彼此有獵場之爭，也有交易情形，基本上是維持各自發展的平衡關係。西班牙人和荷蘭人來台殖民時，雖然令平埔人感到痛苦，但真正改變平埔人命運的，是來自中國大陸的漢族移民。

漢族大批移民台灣，始自明末清初，鄭成功帶來一些反清復明的子弟兵。清初，雖然嚴令禁止人民到這個化外之島來開墾，但是嚴刑也禁絕不了人們向海外追求更好生活條件的決心。

一批批湧至台灣的唐山男子，絕大多數是孤家寡人的羅漢腳，即使已娶妻生子的，也把妻兒留在家鄉，單身一人冒險來台。

台灣有句俗語「有唐山公，無唐山媽」，這些來台的唐山公們，為了感情生活，也為了能盡快獲得耕地，入贅於平埔家庭是最好的方式。雖然是自願入贅，但是大漢沙文主義和男性沙文主義作祟。他們嚴令子孫必須記下遠在唐山的祖籍，於是流著平埔血液的後代，只記得有關唐山的那一部分。

之後，漢人漸漸多了，海禁開放，女眷也可以來台了，漢民族從弱勢族群變成強勢族群，開始「乞丐趕廟公」了。

從訂定不平等條約到拒交贌金（田租），甚至偽作買賣地契，詐欺平埔人的土地，種種惡行逼得平埔人（當時稱為「熟番」）走投無路，悲慘的情況連當年在台行醫傳教的馬偕博士都不忍坐視，在他的〝From Far Formosa〞《福爾摩沙島遙寄》一書中，特別為文痛責。

而較有良心的清吏何培元，也忍不住地作了一首熟番歌來指責當時官商勾結，欺壓平埔人的實況。該歌前幾句是這樣寫的：「人畏生番猛如虎，人欺熟番賤如土，強者畏之弱者欺，無乃人心太不古，熟番歸化勤躬耕，山田一甲唐人爭，唐人爭去且餓死，翻悔不如從前生……」告官的結果，是原告變被告，受害的平埔人反被杖責驅離。

得不到公義的弱勢民族還有什麼求生之道呢？只有躲得遠遠的，或把自己隱藏起來罷了。

宜蘭的噶瑪蘭族，因為無法忍受漢民族的欺凌而乘船逃到更僻遠的花蓮；屏東的馬卡道族則舉族駕牛車翻越中央山脈尾稜到台東；台南的西拉雅族讓出肥沃的平原，退避到惡地形的烏山丘陵地帶；而凱達格蘭族也只剩下最初的部落三貂社的新社，還可以找到幾戶人家。

大部分沒有逃走的平埔人，只好隱藏自己的原住民身分，模仿漢人的裝束、言語、習俗，牢牢背出一個聽來的唐山祖籍，時日一久，漢化完成，可以堂堂正正假裝自己也流有炎黃血液，讓子孫不知曉自己的平埔血統，而認同漢族以保護他們不再受欺凌……，這是弱勢民族真正的悲哀啊！

我出生在台南縣偏遠的龍崎鄉丘陵地帶，自小從未懷疑過自己的漢人血流，以及福建漳州長泰祖籍。然而，自從開始了解台灣的平埔族後，逐漸追憶起幼年時家中親族長輩的種種「怪異」行為：纏頭的黑布、習慣蹲踞作息，甚至連吃飯時也蹲踞於餐椅上……，原來，那是典型的平埔族習俗啊！

當我在文章中提到我應該有西拉雅血統時，意外地獲得許多朋友的共鳴。

「我祖母拜一個很奇怪的壁腳佛，聽說那就是平埔人的祖先？」

「我的曾祖父是被招贅的，你想，我曾祖母是平埔族嗎？」

「我偶然翻到家裡古早的地契，上面的所有人都是一些古里古怪的名字。」

是啊，距離現在也不過幾十年，在日治前期的官方文書上，都還是依照平埔人的原有名字登錄，這確實是尋根的好線索。

漢化的平埔人首先要有個漢姓。潘——水邊之番，是大多數漢人提議送給平埔人的姓，其他如陳、林、李、劉、吳、黃、王、楊、許、徐、余、彭等常用的漢族姓氏，也被借用。而經由通婚所取得的姓，自然更多樣化了。

經過幾代的通婚，事實上「老台北人」的身上，鮮有不流點凱達格蘭血液的，再問「凱達格蘭是什麼？」豈不是數典忘祖嗎？

「把一個快被遺忘的老祖宗的族名拿出來用，有什麼意義？何況凱達格蘭真的不好唸啊。」嘴硬的台北人仍然不肯服輸。

Seven-Eleven好唸嗎？五個拗口的音節，你聽，街頭巷尾的老幼婦孺，誰唸不出來？凱達格蘭大道沒有意義，那麼「迪化街」該多有意義？「迪化」這個充滿大漢沙文思想的地名，在它的出生地新疆，早就被改為當地原住民維吾爾語的「烏魯木齊市」；我們熟知的聖母峰，已被正名為「珠穆朗瑪峰」。事實上，不只中國大陸，現在全世界都有一股尊重原住民，恢復原住民舊地名的風潮。

凱達格蘭大道上只有三個地址，很幸運的，其中一個就是外交部。建議我們的外交部官員，在通知外國變更地址時，順便寄上一份更改路名緣由的說明書。

這樣尊重原住民的做法，值得讓全世界都知道，對於我們國際形象的提升，比花數百億美元大作公關還有效多了。

——一九九六・三・廿二

偕牧師來了！
——馬偕博士在噶瑪蘭

一八八五年五月廿九日，午後氣溫高達攝氏三十六點七度，梅雨季末特有的鬱悶燠熱，使整個暖暖山區就像一個大蒸籠，不只令人汗流浹背，簡直連骨頭都要蒸出油來了。

來自溫帶的馬偕博士特別不能適應這種悶熱的天氣，但是，現在有比氣溫更令人難受的事：馬偕與他的三個學生嚴清華、葉順、協仔，正被蒙著雙眼，由八個法國兵押解著，在崎嶇的山路上踉踉蹌蹌地走著。負責挑行李的協仔非常害怕，渾身顫抖，使行李擔子不斷發出喀、喀、喀、喀的聲音。馬偕很想安慰他幾句，但是在士兵左右挾持下，終究不敢多說一句話。事實上，馬偕自己也是忐忑不安的，究竟要被帶到哪裡？將被如何處置？他很想問卻不敢開口。

就在十分鐘前，馬偕和他的學生發現自己正在槍口下，從持槍的士兵單腳跪下瞄準的姿勢看來，他們是隨時準備射擊的。隨後，他們四個人就像俘虜一樣，被蒙著眼押走了。這是中法戰爭期間，劉銘傳與法軍對峙的交戰區，馬偕為什麼要硬闖禁區，讓自己和學生陷入危險？他有什麼迫切的理由，非要冒險到噶瑪蘭去呢？

十三年前（一八七二年），二十八歲的加拿大籍傳教士偕叡理（馬偕博士的中文名），第一眼看到淡水時，就認定這正是他要傳道的基地，他在淡水建立第一所教會。十幾年來為了布道，努力學習台語、到處行醫，不辭勞苦跋涉於北台灣平原與山區，甚至娶了台灣女子蔥仔（後來改名為陳聰明）以協助他傳教給女性。期間還曾經返回加拿大四處演講募款，用以興建牛津學堂、女學堂、偕醫館，以及大龍峒、艋舺、洲裡、錫口、水返腳、新店等十多所教堂。

眼看著傳教工作漸漸步上軌道，所有的成果卻在中法戰爭中毀於一旦。一八八四年九月二日，法國軍艦由海上開砲轟擊淡水，教會中了兩發砲彈，其中一發還擊中女學堂。九月八日法軍登陸淡水，與清軍展開肉搏戰，終於被擊退而返回基隆占領區，繼續與清兵對峙。

中法戰爭使北部的漢人極度仇視「洋番」，儘管馬偕的「偕醫館」在戰火中竭力救助受傷的軍民，仇洋的怒火仍使北部教會頻頻遭受暴民的攻擊。為了三個幼兒的安全，馬偕與家眷只好暫時到香港避難。在香港，他聽說多所教堂被拆毀、教友遭搶劫施暴，心急如焚，然而台海遭到封鎖，直到隔年一八八五年四月十九日，才在法國海軍司令孤拔的特許下回到淡水。

馬偕巡視各個遭受「教難」的教堂，眼看著多年費盡心血建造的教堂完全被拆毀，連樹木都被鋸斷，心情真是低落到了極點，當他與信徒站在空無一物的地基上唱聖詩時，甚至還被圍觀的民眾扔石頭攻擊。

幸虧新竹、苗栗地區的教會沒有被戰火波及，噶瑪蘭地區十幾個教會和一千多個教友，是否也無恙？馬偕顧不得戰爭仍在進行，帶著學生從艋舺徒步經過錫口（松山）、水返腳（汐止），穿過清軍的駐紮地，來到暖暖法軍占領區前線。然後，馬偕一行人就像犯人一樣，被法國兵蒙著眼睛押著走。

下午六點，馬偕感到海風清涼，除去蒙眼布後，發現已經來到基隆海關，他們被送上軍艦「亞特蘭大號」聽憑發落。托天保佑，馬偕熟識的基隆港領航員 Bently 恰巧正在艦上，他向艦長說明馬偕是傳教士而非中國方面的間諜，使馬偕由階下囚頓時變為貴賓，獲得艦長親切的接待。

儘管如此，為了防止軍事機密洩漏，第二天馬偕一行人離去時，仍舊被蒙住眼睛，由士兵押送，直到法軍占領區邊界。

這一天天氣更熱了，半路上馬偕不得不更換被汗水溼透的衣服。經過瑞芳到三貂嶺下時，雖然急著想要翻過山去，早一點到噶瑪蘭，但是經過兩天的折騰，大家身心俱疲，只好在三貂嶺下過夜。

三貂嶺是淡水廳與宜蘭廳的界山，早期到蘭陽開墾的漢人有一句俗諺：「爬過三貂嶺，勿想厝內的某和子。」意思是過了三貂嶺就是化外之地，隨時會遭受「生番」泰雅族的攻擊而喪命，想到蘭陽地區討生活的人，必須有所覺悟，把家中妻兒都拋諸腦後，否則思念家人心神恍惚，不是被殺就是憂病而死。

馬偕到噶瑪蘭地區傳教時，也曾遭受幾次危難，有一次在蘇澳剛好碰到泰雅族下山出草，馬偕與學生匆忙往南逃到南方澳，四個緊跟在他們之後的漢人，不幸在半路上被馘首，馬偕一行人剛好過了一個轉角，沒被發現而逃過一劫。另一次在北方澳，也因為聽說「生番出草」，緊張得整夜都不敢闔眼。他也看過被漢人殺死的「生番」，頭顱就懸掛在竹竿上示眾。

雖然必須冒著失去生命的危險，但是為了傳教的熱忱，以及他對噶瑪蘭人特殊的情感，馬偕每年都要到噶瑪蘭教區好幾回，後來甚至不辭海上波濤危險，乘坐舢舨到奇萊平原（花蓮），向移民到該地的噶瑪蘭人傳教。

一八八五年五月三十一日，經過三天的跋涉，近黃昏時，終於來到噶瑪蘭三十六社中最北的一個部落，位於頭城南方的「打馬煙」社。

「偕牧師來了！偕牧師來了！」還沒有進入部落，在田間工作的噶瑪蘭人就發現他了，他們興奮得大吼大叫，跑回去通知全部落的人。剎那間，全社的人都歡天喜地的湧到路邊歡迎馬偕。

看到北部教會被拆毀時的沮喪、在交戰區被押解的恐懼和屈辱，以及冒著炎熱的暑氣趕路的辛苦……此刻全部都化解了。馬偕張開雙臂迎向扶老攜幼的村民，內心百感交集，不禁淚流滿面。

當晚在打馬煙教堂舉行禮拜，整個教堂擠得水洩不通，噶瑪蘭原住民認真地聽他講道，專注地唱著聖歌，馬偕再次深深地被感動，傳道的熱忱和信心也再度被鼓舞起來。

說起來，馬偕在台北盆地的傳教並不順利，漢人有根深柢固的傳統信仰，大多數人對於基督教義相當排斥，甚至有許多謠言指稱這些「洋番仔」會挖小孩的眼睛或內臟用來製藥。馬偕雖然利用行醫、贈藥、拔牙、發送蔬果種子等等親善活動，贏得一些好感，還是難免遭受攻擊或侮辱，用石塊或木棒毆打，潑灑泥巴、垃圾或糞便，甚至放狗來咬他們，使得一向不出惡言的馬偕都忍不住地咒罵：「你們的傲慢、自大、奸詐、迷信，沒有人比得上！你們的心和骯髒的街道一樣汙穢！」

比較起來，噶瑪蘭的平埔族人是多麼善良純真啊！他們幾乎不加思索，在聽道時立刻全盤接受馬偕的教誨，許多人甚至當場受洗成為教徒。馬偕在台傳道近三十年，全部的信徒還不到四千人，其中噶瑪蘭人就有二千三百七十八人，他在淡水設立的台灣第一所女學堂，大部分的女學生也都是遠從噶瑪蘭來的。馬偕在噶瑪蘭平原共建立了二十八所教會，噶瑪蘭人對馬偕堅定的支持，是馬偕傳道生涯中最重要的信心支柱。

噶瑪蘭平埔族為什麼這樣心悅誠服地接受馬偕的宗教？根據日治時期台北帝國大學人類學教授移川子之藏與馬淵東一的見解，噶瑪蘭人因為喜歡歌舞而接受基督教，他們兩人共同撰寫一篇論文〈馬偕博士曾經前往傳教的噶瑪蘭平埔族，一九三三〉說到：「我們知道台灣平埔族天性快活而純樸，喜歡有歌有舞的生活，所以他們寧願接受合唱聖詩作禮拜的基督教，而放棄陰鬱，甚至怪誕的漢人宗教。」

只是因為喜歡歌舞而信教嗎？我曾經訪問流流社八十五歲的林阿粉女士，她這樣說：「我們噶瑪蘭以前怕漢人看不起，學你們吃穿，像你們一樣拿香拜神。但是，你們還是叫我們番仔，看輕我們。偕牧師帶來耶穌的福音，他說不論是白人、黑人、漢人、平埔人，甚至殺人的生番，大家同款都是上帝的孩子。我們聽了真歡喜，大家都想要改信偕牧師的教。」

珍珠里簡的偕婢老太太這樣說：「偕牧師來到噶瑪蘭，他幫我祖母治病，他教我們很多道理，讓我們這些番仔像人一樣受到尊敬。從我老爸那一代開始，珍珠里簡很多人都改姓偕來表示感謝。」

不止珍珠里簡，整個噶瑪蘭人分布的地區，包括宜蘭與花蓮，都有人改姓偕（音該）。這絕對不是移川教授所推論的，因為喜歡歌舞而信教可以解釋的。

馬偕在噶瑪蘭地區的傳教工作，簡直可以用所向披靡，勢如破竹來形容。

「偕牧師來了！」就像一句具有魔力的咒語，激起　個又一個部落歡欣鼓舞的氣氛，掃笏、武暖、奇立板、奇武荖、加禮宛、打那美、流流仔、猴猴仔、叭哩沙、阿里史、波羅辛那罕……只要聽到「偕牧師來了！」大家就放下手邊的工作齊聚過來，他們真誠地歡迎馬偕，甚至殺牛宰羊來歡慶聚會。

受洗的信徒為了表達虔誠，紛紛把家中的神像、香爐、祖宗牌位、供品飾物、靈旗符咒等等帶到教會來。這些物品堆得像小山一樣高，馬偕選取一些較精美的偶像、飾物，打包帶回淡水收藏於馬偕博物館，其他的就放火燒掉。據他自己記述，好幾次，他還利用這些東西來烘乾被雨淋溼的衣物。

「這些東西都是人類學研究的珍貴資料啊！」移川教授不禁這樣嘆息：「馬偕

傳教的時代，平埔族還保有傳統的語言和習俗，馬偕應該可以為我們留下豐富的資料。可惜他一心傳教，完全不想了解對方的文化背景，甚至有意破壞原住民固有的信仰文化。以祖先牌位來說，這是最好的歷史紀錄，人類學珍貴的線索啊！」

以人類學家的立場來指責宗教家，其實有一點不公平，消滅異教信仰本來就是傳教士的工作，何況馬偕確實也因個人興趣，選擇並保存了不少文物。

從一八七三年到一九〇〇年，除了回到加拿大述職的三年，馬偕足足在噶瑪蘭地區奔波了二十四年，他全靠雙腳徒步，深入每一個部落，或乘簡陋的舢舨，到花蓮及龜山島傳教。因為舢舨沒有船棚，他們必須趁夜航行以免被太陽曬暈。同時在登岸煮飯時，還必須提心弔膽防備泰雅族的攻擊。在巡視教會的途中，往往受到風雨侵襲，渡溪時曾經差點被山洪沖走，住在簡陋骯髒的小客棧，有幾次，甚至屈身於牛棚或豬圈過夜。

這樣辛苦的傳教工作，使馬偕的健康大受影響。他曾經得了瘧疾，一八八六年冬天，還因為不明原因的全身虛弱、手腳發冷，差一點病死。長年的演講布道，使他的聲帶受損，終於沙啞到發不出聲音來。

一九〇〇年五月，馬偕到蘭陽地區巡視教會，這時候他的身體已經變差，聲音也很小，噶瑪蘭人深知馬偕將不久於人世，這可能是他們最後一次與偕牧師的相會。當馬偕離開噶瑪蘭地區最北的一個部落打馬煙社時，三百多個平埔人依依不捨地送行，他們站在路邊，或乘鴨母船靠在堤岸，一面唱著聖歌，一面哭泣。偕牧師不會再來了，他們像失去父母的小孩一樣地悲傷無助。

馬偕博士原來得的是喉癌。一年後，他終於結束一切苦厄，永遠安息了。

【後記】

我在淡江中學就讀時，生物老師柯設偕先生是馬偕博士的外孫，他的父親柯玖（馬偕的二女婿，後來改名為柯維思）是馬偕的得意門生，因為聰明伶俐，馬偕特別喜歡他，教他攝影技術，《福爾摩沙遙寄》書中的照片，以及馬偕博物館的許多照片，都是柯維思拍攝的。

柯老師曾經告訴我們一些馬偕博士少為人知的軼事，例如：馬偕博士平日在家中，都穿長袍、戴瓜皮帽一如漢人，同時，他吃飯時都用筷子而不用刀叉。

馬偕紀念醫院所紀念的並不是馬偕博士自己，而是當時的一位馬偕船長。馬偕船長的遺孀曾經捐出三千美元（當時這是一筆很大的數目），希望馬偕博士為台灣人蓋一個好一點的醫院。就像牛津學堂的命名，是因為興建費用來自馬偕的故鄉牛津郡的捐款，馬偕醫院也以捐款人馬偕船長夫人之姓命名。

馬偕博士的英文姓氏 MacKay 的 K 字應該要大寫。Mac 是兒子之義，Kay 才是本姓，就像麥當勞 McDonald 的 D 應該要大寫一樣。因此，馬偕博士的中文姓名為偕叡理，大家稱他為偕牧師而不是馬牧師。

——二〇〇一・六・十三

國分直一教授與平埔族研究

台灣平埔族研究的先驅者

一九九一年，東京大學總合研究資料館第一次公開展示一百多年前，人類學者鳥居龍藏博士在台灣進行人類學調查時，所拍攝的珍貴照片，同時發行專刊《刻印在玻璃底片上的世界——鳥居龍藏所見的亞細亞》。當時，高齡八十三歲的國分直一教授，特地撰寫〈鳥居龍藏博士與平埔族〉刊在卷頭。文中，國分教授細數鳥居龍藏這位先驅者，調查台灣平埔族的詳情，讚揚他高度的見識與堅毅不拔的學者精神。

台灣的平埔族，歷經荷、西、明鄭、清等政權的交替，在日本領台時，已經「像大樹下的小草」（伊能嘉矩語）般，成為被欺壓的弱小民族。當政者「教化」他們，讓他們失去民族的自信，調查村落動態，為的是稅收與勞役，另一方面，又以獵奇的心態，零星的記錄奇風異俗，未曾進行有系統的人類學調查研究。

直到一八九五年台灣割讓，田代安定當年六月就隨軍隊抵台，身為台灣總督府殖產局技師，他巡訪被視為後山的宜蘭、花蓮、台東地區，探查平埔族的實況。他記錄各族村落的人口與田籍資料，對於不同平埔族的族群、性情、民情趨向，以及族人對土地的想念，土地被漢人侵墾、霸占，而被迫流浪他鄉的史實，藉由筆談的方式，訪問了各村落族老，將這些珍貴的口述歷史，完整的記錄下來。

被譽為「平埔族研究開創者」的伊能嘉矩，最早以徒步方式巡訪北台灣凱達格蘭族各村落，接著，以超過半年時間，行腳於台灣中部與南部山麓地帶，對於那些被漢人移民壓迫，而不得不進入埔里盆地的中部平埔族群，以及遷移台南東邊的惡地形，再沿山輾轉南下的西拉雅族，以及恆春一帶被迫翻越中央山脈到後山的馬卡道族，詳細的記載他們的生活現況與移民的血淚史。伊能嘉矩是第一個將台灣平埔族分類為十族的學者，他的分類法一直被沿用到現在。

鳥居龍藏以東京帝國大學派遣學者的身分，五次渡台調查台灣的原住民族，他除了帶著一般體質人類學調查的計測工具，更率先使用照相機捕捉原住民的形貌。雖然當時平埔族多已漢化，並與漢人混居，鳥居還是以實地調查的經驗，提出從語言、體質、風俗、平埔女子的服飾，以及民族誌學等基準，作為識別的方法。他說：

> 平埔族的體質，完全具備馬來種族的特徵，頭髮黑、直而粗，皮膚帶有銅褐色，前額凸起，眉毛高翹，眼窩深沉，顴骨突出，厚唇大嘴，鼻翼扁平，下肢修長，下顎兩邊突出而成方形臉。
>
> ——〈東部台灣に棲息せる平埔種族〉，一八九七

今日平埔族與漢族混血已久，但是這種體質上的特徵依舊保留下來。國分教授熟讀鳥居龍藏和伊能嘉矩的平埔族研究資料，他評斷說：

就他們意識到的目的和方法來說，彼此相似，但伊能氏的優點，在於善用清國文獻，而鳥居博士則在體質人類學方面的研究，盡到了先驅性的重任。……當年先驅者在台灣的調查旅行，是近一世紀以前，不安與摸索的時代。

——〈鳥居龍藏博士と平埔族〉，一九九一

明治與大正年代，學術探險家輩出，他們進行單打獨鬥式的探險型調查活動，如同花火一般絢爛的演出，讓平埔族的身影短促的浮現，隨即就沉沒於黑夜中。

台灣總督府對平埔各族全面性的調查

明治四十一年（一九〇八年）台灣總督府蕃務本署通令全台十九個廳與五個支廳，全面調查轄下的平埔族及其沿革。官方參考伊能嘉矩的分類法，將平埔族區分為十族，分別訂定名稱如下：Tatsuo（馬卡道，鳳山地方）、Siraya（西拉雅，台南地方）、Lotsua（魯羅阿，嘉義地方）、Poavosa（巴布薩，鹿港地方）、Arikun（阿里坤，彰化地方）、Vupuran（拍瀑拉，大肚溪以北的平原）、Pazehe（巴宰，葫蘆墩及東勢角）、Taokas（道卡斯，苗栗及新竹）、Ketagaran（凱達格蘭，台北盆地、基隆及淡水）以及Kuvaran（噶瑪蘭，宜蘭平原）。

明治四十三年（一九一〇年）由各廳長具名，提出調查成果，根據這些資料，彙編為《平埔蕃調查書》（手寫稿，共二百四十頁）其內容包括各族的移動年代、遷移居處、賜姓、宗教信仰、教育、婚姻、民蕃關係、舊慣、地租、屯制、討伐與歸順，以及漢人入墾於平埔地界，平埔各族受到壓制的實況。

由於《平埔蕃調查書》並未正式出版，顯示當局認為內容還不夠周延，也因為不曾出版，此原稿書很少受到學者注意，然而，這是官方唯一的全面性調查，應該有一定的學術價值。

台北帝國大學末及全面調查平埔族

昭和三年（一九二八年）台北帝國大學創立，擔任土俗人種學講座的移川子之藏教授，首次運用歷史民族學的方法，進行「高砂族系統所屬之研究」，費時五年。調查期間，移川教授與助手宮本延人、學生馬淵東一，也順便訪查了一些平埔族村落，並寫下幾篇短文刊登於《南方土俗》雜誌，例如移川教授的〈頭社熟蕃的歌謠〉、宮本延人的〈加走灣頭的熟蕃〉、馬淵東一的〈研海地方的先住民——猴猴族〉等。

移川子之藏教授曾經感嘆：

> 熟蕃已忘記母語，風俗也已變異，今日我們要進行土俗調查，已經爲時太晚。因此，即使獲得片段的資料，也讓我們如獲至寶，希望能夠繼續收集資料。
>
> ——〈頭社熟蕃の歌謠〉

平埔族的研究，除非蒐集荷蘭、西班牙據台時代，以及清代所留下的文獻加以研究，很難收到完整的成效。因此，筆者將平埔族研究留到第二階段，也就是日後才開始進行調查，這個安排並非把平埔族研究等閒視之。

——《台灣高砂族系統所屬研究》第一卷，例言，一九三五

然而，日後因為太平洋戰爭，政治經濟情勢動盪不安，移川教授師生三人的團隊，無法進行期待中的平埔族調查，令人深感遺憾。

日治後期的平埔族語言調查

雖然移川子之藏教授認為「熟蕃已失去母語」，其實，在日治時代末期，台灣的平埔族各族都還保留著母語，例如噶瑪蘭族、巴宰族日常生活都還是用母語交

談，甚至，一度被視為已經消失的凱達格蘭族，當時都還保有部分母語，台北帝國大學的淺井惠倫教授，使用當時剛發明的蠟管留聲機，錄下他們的聲音。例如：他特地把凱達格蘭族三貂社（新社）的老婦人潘氏腰，以及噶瑪蘭族的林氏伊排，用轎子接到台北帝國大學語言學教室，錄下她們的傳統歌謠，並記錄歌詞與用族語講述的傳說。

埔里盆地是中台灣平埔各族的移居地，淺井教授特地到埔里展開預備調查，例如巴宰系的烏牛欄、道卡斯系的房里、巴布薩系的林仔城、阿里坤系的枇杷城等。此外，他還到台南大內、玉井、菜寮、左鎮一帶，訪查錄下西拉雅族公廨的祭歌，淺井惠倫教授還寫了兩篇〈熟蕃語言調查〉，以及整套的〈蕃曲唱盤解說〉。

淺井教授在調查期間，還使用了八厘米攝影機，在西拉雅族頭社與小林的公廨記錄了祭儀與牽曲的過程。希望這些稀世的珍寶，將來有重見天日的一天。

淺井教授對於他調查研究對象——平埔族的境遇，有深刻的同情，他說：

對於擁有更高文化的漢人入侵，平埔族只有兩條路可走：讓本身漢化成爲「熟蕃」，或是抗拒至死。有些平埔族勇敢的抵抗而被消滅，但更多的平埔人，只能交出土地給入侵者，甚至靈魂也喪失了。

——〈台北帝國大學文政學部紀要〉第四卷第一號

國分教授的西拉雅族研究

昭和初年人類學家活躍的年代，國分直一還只是台北高等學校的學生，畢業後他返回日本，就讀京都帝國大學史學科。一九九三年大學畢業後，立即回到台灣，任教於台南第一高等女學校（今市立台南女中）。他利用課餘假日，進行南部平埔族村落群的訪問與民俗、民族誌記錄。其中，對於西拉雅族的研究，時間長達七十年。

由於西拉雅族的居地，被清代移民台灣的漢族侵墾，他們只好移居到不適於種作的鹽分地帶，或是向東撤退到烏山頭、玉井、內門、龍崎、旗山這些土地貧瘠的山麓地帶。國分教授由於地利之便，經常造訪這些村落，他對於這些平埔族人的境遇，發出感慨：

土民種植甘蔗，飼養野豬般的豬隻，晒到黑亮的面孔滿是泥垢，活像在貧瘠的惡地形或鹽分地帶生長的雜草一般，憑著強韌的生命力活下去。

——〈南台灣近郊の山と丘〉，一九三八、〈Bad Land〉，一九四二

我漫步於平埔人部落，看到族人不是淪落爲入侵者的長工，就是當他們的佃農，早已喪失原有英氣勃勃的野性，不禁想起淺井教授的話。至少，我要在台南地方，尋訪西拉雅族的後裔，找回即將喪失的習俗和靈魂的片麟半爪，採集並保存下來。

——〈新市庄新店の平埔族〉，一九四四

這就是國分教授在日治時期最後的十年間，密集的走訪平埔族村落，並儘量詳實的紀錄採訪內容的緣由。

國分教授探訪的地方，屬於西拉雅族各小群遷住的台南烏山嶺山區，以及南下內門、旗山方面得撤退之地，也就是西拉雅族在西部最後的遷徙地。在平原與海岸方面，走訪「西拉雅四大社」和附屬的小社，包括新港社群的新店、隙仔口、知母義、口埤、崗仔林、那拔林；麻豆社群的麻豆、番仔出；目加溜灣社群的頭社、拔馬；蕭壠社群的北頭洋、番仔寮、吉貝耍、角帶圍等聚落，從倒風內海沿岸的鹽分地帶，往內陸一路追蹤探訪。他在探訪部落的時候，留下數十本筆記，也於一九四二年，錄製「西拉雅族所傳誦的歌謠」，包括：四方歌，以及非常冗長的身體與器物之歌。國分教授以羅馬拼音，將老人家所唱的西拉雅語與台語對照的歌詞記錄下來，這可以視為老人家極力搶救西拉雅母語的努力。

在這一段時間，國分教授完成了〈麻豆聚落〉、〈新市庄新店的平埔族〉、〈知母義採訪記〉、〈蕭壠社後裔之地〉、〈四社平埔族　姨與作向〉、〈關於問向的風俗〉、〈關於四社蕃的作向〉等七篇報導文學作品，後來收錄於一九四四年出版的《壺を祀る村》。

《壺を祀る村》的出版與影響

《壺を祀る村》有個副題「台灣民俗誌」，原本的內容還包括國分直一教授在台灣全島山地部落與蘭嶼的調查歷程與記錄，因為書名的關係，一般人都將此書視為西拉雅族研究的經典。當時，國分教授將西拉雅族的祀壺風俗，認為是祖靈依附於壺體，因此族人把壺體本身當成祭拜的對象。

國分教授的為人，雖然十分拘謹靦腆，然而他的筆下卻是非常優雅浪漫，例如，他所描寫的西拉雅族祭拜「蕃太祖」的儀式，彷彿就是一篇引人入勝的紀行文學。

白柚的花香隨著和風吹來，在陣陣撲鼻帶著甜味的花香中，穿著左衽、廣袖上衣，下著「筒裙」的女子，與穿著長袖大白衫，下著黑褲的男子們，聚集在白柚樹綠葉掩映下，位於田邊簡單樸素的公廨前，舉行虔敬儀式。

細膩的描述，讓讀者在閱讀時彷彿也親臨現場。

除了現場的描述，國分教授隨處引用十七世紀荷治期間，對平埔族的教化資料，以及清康熙年間郁永河《裨海紀遊》、光緒年間《安平縣雜記》對平埔族的記載，可以說是內容與文采並茂的好書。

《壺を祀る村》在一九七〇年代有中文譯本出版，書名是《祀壺之村》，因此多年來，文史研究者都把西拉雅族視為「拜壺的民族」，為什麼要拜一個或多個沒有特別來歷，隨手可取得的壺呢？從來沒有人去深究。然而，不可諱言的，因為這本書，引起台灣平埔族研究的熱潮，以及大家對西拉雅族傳統的重視。近二十多年來，許多原本已經放棄傳統祭儀的村落，逐漸恢復「夜祭」、「嚎海」等儀式，並成為每年一度，吸引外人觀光旅遊的盛事。

勇敢修正早年論述的學者風範

國分直一教授在戰後成為少數被「留用」的日本學者，一九四七年起在國立台灣大學歷史系教授考古學，直到一九四九年才返回日本任教。雖然離開台灣，國分教授仍然念念不忘西拉雅族的研究，對於「祀壺」這件事情，他覺得並不是像他早先發表的文章那樣簡單。因此，一九六八年春天，他回到南台灣，訪問左鎮隙仔口與那拔林，寫下〈雙角木柱神座——左鎮隙仔口採訪記〉。一九七三年，他再度來台，在隙仔口以北的鹿陶洋（台南市楠西區鹿田里）挖掘出磨製石器和黑陶器。因而推斷史前時代以來，海邊的民族一波一波向山麓地帶遷移，而西拉雅族的移動是最後一波。

因為在左鎮隙仔口與那拔林所見到的「雙角木柱神座」，顯然是比「祀壺」更早的信仰形式，國分教授開始思考自己原本有關「壺神」的論述是否應該修正？

經過十年的研究與思考，一九七九年，國分直一教授發表一生中最後一篇有關西拉雅族信仰的論文〈台灣南部平埔族壺神追蹤記〉，他寫到：

> 我在隙仔口第一次看到造型成雙角的一根木柱，這是阿立祖的神座，木柱上綁著一個野豬或家豬的頭骨，頭骨上放著一塊疊好的紅布，在每一

處所見的情況略有不同……但一般都把雙角木的神座當作崇拜的對象，而在神座前面放著兩、三個壺，顯然的，這是比祀壺習俗更早的原始型態。……那麼，比綁著獸類頭骨的雙角木神座更早的神座，是怎樣的型式呢？……

依照《安平縣雜記》，供奉在神座上的頭骨，本來不是野獸的頭骨，而是人的頭骨。馘首後將皮肉剝除，只取骨頭供祭，由於清廷嚴厲的禁令，平埔族放棄獵首行爲，改以野獸頭骨取代。……

獵首行爲與一種「視人頭爲神聖」的觀念有密切的關係，因爲靈魂寄宿於人頭。阿立祖的生日陰曆九月十五日是開向日，要舉行盛大的祭典，祭典另有粟、稻等穀類收穫祭的意義，那麼，祭典中供奉人頭骨於神座上，應該是意味著藉神聖頭骨的靈力，用來增強穀靈的神力。

平埔族的村落，一般都在公廨與私宅設置神座。從海岸到山麓，開發較晚的近山村落，仍然保留著古式神座，反之，較早開發的地方，所安置的神座被簡化，壺成爲阿立祖的替身被祀奉，由此可見信仰變容的過程。

以上是當年已經高齡七十二歲的國分直一教授，在經過四十年的平埔族調查研究後，修正自己早先的論述，展現追求真理的學者風範，值得我們尊敬與學習。

國分教授對平埔族的關心始終不變，一九九九年五月，前總統李登輝在總統府特別接見他，之後，高齡已九十二歲的國分教授，遠道回到台南佳里，參加平埔族研討會與北頭洋的平埔族夜祭，當他看到原本已近乎消失的西拉雅文化，在族人與年輕學者的振興下逐漸恢復，想必是十分欣慰的。

——二〇一一・九・廿二

【跋語】闊別文學四十年

楊南郡

我對文學的興趣，在中學時期就已養成。記得省立台南二中畢業考的前夕，還與班上幾個以文藝青年自居的同學，徹夜討論日本傳統詩體「短歌」與「俳句」；高中還沒畢業，幾乎讀完新潮社的《世界文學全集》、春秋社的《世界大思想全集》等數十冊日譯名著。

進台大外文系後，在課堂上受教於英千里教授，不自覺地沉醉在莊嚴、醇美的希臘、羅馬古典文學，也由於哲學系方東美教授的啟蒙與鼓勵，勤奮地閱讀西洋哲學巨著，但私下喜歡在冷靜的哲學思辯中，找出扣人心弦的文學意涵，因為自以為核心思想或結論不重要，主要的是推理的過程情節，像巨大的交響樂樂章，也像舒展自如的史詩般，深具魅力。

老實說，當年雖然置身於名師指導下，在我潛意識裡，已在開始孕育著反傳統的想法，例如自創「哲學、神學的巨著就是最佳文學」、「形式表現就是內容」等理論，對極具權威性、超乎人性的經典內容，堅持一貫的懷疑態度，心裡極端排斥理性論、有神論的價值。

最具體的做法，是把宗教家認為神聖的經典，如基督教的《舊約聖經》、佛教的《阿含》、《涅槃》、《華嚴》系統的佛典，視為上乘的文學著作，雖然我完全背向經典的真理信仰，卻公然對外宣稱我欣賞這些經典的文學價值。創作經典的宗教徒不只個個都是狂熱份子（例如《法華經》的作者），同時也是偉大的文學家。

《涅槃經》裡描述佛陀八十歲時傳道的路程，反常地一步一步朝向北方的出生地，是所謂「葉落歸根」的潛意識自覺所導引的，最普遍的人性寫照，經文也提到佛陀病危即將入涅槃時的最後說法與弟子的動態，可不是一部最佳的報導文學？又如《華嚴經》所描繪的三千大千理想世界與善財童子求道踐行的過程，可不是一篇戲曲極品？《新、舊約》的故事性發展，如果沒有極高超的文學手法，怎麼會普遍於世界人心達兩千年？

在台大宿舍裡的一個室友，他是個博聞強記型的哲學高材生，平日除哲學外也忙於研究文學，而在西洋文學系的我，哲學巨著也從不釋手，兩人都喜歡泡在對方的系圖書室裡，而在宿舍內有時候就文學、哲學思辯問題，爭論到耳熱臉紅。這個人便是美國天普大學的著名哲學家傅偉勳教授。

傅教授已是著作等身的大人物，最近有《死亡的尊嚴、生命的尊嚴》一書問世。這一本可說是用自己生死邊緣的體驗換來的關於死亡大事的大作，泛論臨終精神醫學與現代生死觀，主題雖然很嚴肅，但是筆法卻能充分運用報導文學的技巧，使人閱讀時不但因其精闢分析死亡大事而感動，同時也會震撼於動人的敘事、敘境的文學之美。

而我自己從一九五五年大學畢業以來，已虛度四十年歲月，個人的興趣早已轉移，四十年來書架上未曾添置文學書，而且原本就沒有寫作的意念，雖然是「文學科班」出身，卻可以說是背向文學、叛離文學的無緣人。

在庸碌的日常生活中，直到三十五歲的某一天，我不知道受了什麼神祕力量的感召，毅然決定要脫離都市化的生活型態，投入一般人望之卻步的高山攀登世界，之後發現，原來我們的生活空間可以無限擴張，好比是物理學相對論所談的「彎曲的、膨脹的空間」，哦，原來是大自然在向我招手啊。

為了能夠擁有充分的假期與自由選擇假期的優遇，以便投入大自然，我開始任職於外國駐台機構，因此獲得了充裕的時間，海闊天空，能隨心所欲地縱橫台灣的高山領域。百岳攀登用掉了我十年功夫，在攀登過程中，我驚見於台灣大自然祕境的豐富色彩。占台灣總面積四分之三的山地，高山林立，不但有繁複的地理景觀與動、植物生態，也有豐富的人文現象，能置身於世界上如此罕見的瑰寶中，我開始覺悟光是做純粹的攀登活動，而忽視登山路徑所通過之地的文化層面，未免太傻、太對不起老祖宗了。

於是，我一面繼續做我自己的地理探索，一面查閱資料，一有假日便藏身於以收藏日治時期豐富文獻而著名的中央圖書館台灣分館、台大各圖書館裡，涉獵荷治時代、清代以及日治時期有關台灣山地與原住民族的作品，如學術調查報告、論文、遊記等，同時也向外國訂購新書，多半是有關探險的、人類學的、南島民族的書，把書上所提到的早期台灣的情形，用自己的雙腳往山地求證。

後來在毫無心理準備之下，受內政部營建署及玉山、太魯閣、雪霸三個山岳型國家公園委託，進行清代「開山撫番道路」、日治時期「理蕃道路」及「登山步道系統」的調查研究，完成五個研究計畫報告書，加上歷年為登山會報撰寫的登山記錄文章，已累積不少，但這些記行文章，甚至我在報告裡描述國家公園區內先民的活動或原住民抗暴事件時，也刻意用嚴肅的筆調敘述，心裡從沒有過採用文學技巧的念頭，因為感性的敘述，一向是學術報告的禁忌啊。

我最近偶爾撰寫帶有歷史反省意涵的高山行腳文章，以及有感於原住民精神文化方面的感懷性文章，寄給報社副刊登載。這些無心插柳式的即興作品發表後，驚動了闊別幾十年的昔日同窗舊友，也引起山岳界的一陣騷動。也許事出突然，也許是因為我已於四年前即滿一甲子的年歲。親友問我：人老了，怎麼不在家享受清靜的生活，而與青年學生同登高山？老登山家則反問：已完成百岳了，怎麼不安分守己，少做危險的古道調查？一向活躍於百岳活動的人，怎麼轉向去弄歷史文化與原住民事務？以六十多高齡，怎麼學起年輕小夥子舞文弄墨？……

關於個人一生的大轉變，別的原因暫且不談，單從我對報導文學的見解來解釋一下。

二十年來，我經常在國內大專院校的登山社邀請之下，就台灣山岳的特色、國外名山遠征探險、史蹟古道調查、原住民文化研究，做了很多場的演講，也參加了登山社舉辦的座談會與實際登山活動，不管在室內或在野外，與青年學生在一起熱烈討論時，我都強調如何從單線的攀登活動，提升到有學術意義的「平面」的地理考察，進而從登山的地理舞台，擴展到「縱面」的歷史考察，使單純的體能活動與學術研究結合並同步進行。

廣大的台灣山地並非一片空白，而是自古以來人文現象未曾斷絕的地方。我們行走於蕭索的原野或今日已成蒼鬱密林的地帶，古來是原住民遊獵、爭戰、結社安居之地，過去有不少的日本學者比我們早一步去探查，留下寶貴的報告、論文，現在都塵封在圖書館裡。日人離台以後迄今已有五十年，在高山地帶除了我們攀登百岳者外，很少見到學者的足跡，一般人似乎已經遺忘了這塊豐美的文化沃土！當我談到這些令人感傷的問題時，青年學生們都會不禁露出驚奇與熱情感動的表情，使我發覺今日的大學生，我們未來的國家主人翁，對台灣本土的重視與探索本土文化根源的心與日俱增，令人欣慰。

這時候，我打從心底興起一股使命感，愈想愈興奮：我何不順水推舟，一面與青年學子一起上山挖掘「歷史街道」，另方面學習一百年前來台做先驅性學術調查的人類學家兼探險家，如當年才二十六歲的鳥居龍藏及當年二十八歲的伊能嘉矩，以徒步的方式入山調查，並且把所獲的第一手資料真實地紀錄下來？既然他們做得到，像我們縱橫於台灣山林的人怎麼做不到？既然我正在譯註並追蹤研究他們的珍貴調查紀錄，何不自己也動手寫下自己的探查紀錄？他們的文筆不像文學創作者那樣圓熟，但他們履險將所見所聞的真實資料、動感的場面，以及迂迴摸索、做出判斷的過程，寫成肉體與心智的探險紀錄，豈不能與其他大作品同列優秀的報導文學？

終於我寫出幾篇試驗性質的探索紀錄，如〈馬海僕岩窟弔英魂〉、〈雲豹民族

托帶・布典（阿美族）盛裝接受作者的訪問。他曾經從一九九三年起擔任學術探險家鹿野忠雄的助手。

的聖地〉、〈斯卡羅遺事〉、〈海洋民族的悲歌——記三貂社的凋落〉等，在報紙副刊登出後獲得了不少迴響，使我得到很大的激勵。

我曾經擔任台灣大學登山社的指導老師，多年來對台大登山社一直寄予關懷，親眼看到今日學子的熱心與能力表現，使我體會到豐收的快感。十多年來，台大學生已自主地進行多項登山與學術相結合的計畫，如最早的「大濁水溪流域探勘計畫」、「丹大溪流域探勘計畫」到目前剛完成的「白石山泰雅族聖地探勘計畫」，每一個計畫都用掉三、四年的時間，是接棒式的努力結晶，每個計畫都派出數十梯次的探勘隊，前往人跡罕至的高山溪谷探查，成果是滿筐的過去未為人所知的新知識，也就是第一手資料。學生也能撰文、編輯、設計、印行計畫報告，出版後成為暢銷書，令人萬分高興。今年（一九九五年）初，與我同往探查清代第一條「開山撫番」古道回來，在我鼓勵之下同行的學生也開始以報導文學的手法，寫出〈南路大發現〉完整的調查報導，進一步向報導文學的殿堂邁進。

台大登山社目前的計畫是「魯凱族聖地探勘計畫」，未來四年要探查的場地，涵蓋西部隘寮南、北溪流域及東部大南溪、鹿野溪、知本溪上游，當然包括大、小

作者和兒子訪問豐濱新社的噶瑪蘭族（前排）。

鬼湖、藍湖、紅湖及古部落分布地。現在已進入緊鑼密鼓的階段，但很不幸各組探勘隊主將之一的吳國祥同學，於今年玉山東峰北壁爬岩訓練中墜崖遇難，至今仍使我心痛不已。此計畫與以前各次完成的計畫一樣，除了地理上大面積調查外，將側重於魯凱族文化層次的全盤調查與了解，相信未來四、五年後，又將出現一本集體創作的報導文學佳作。

我也把這種揉合地理空間與歷史時間的登山探索理念，同時散布於其他大學登山社團體，目前已有良好的回應。我自己慶幸能夠與青年學子同步成長，雖然年齡懸殊，但我們的心情與想法是一致的，將更緊密地彼此靠在一起。

未來的時光，將是重新開展報導文學的契機，因為我們已有多年的山林經驗，已發掘過很多人文史蹟，在地理的探索過程中，發現有「人文關懷」、「族群尋根」的無限空間足以開拓。

闊別文學四十年，沒想到竟從原本離文學最遠的高山攀登活動出發，一步步地回歸到文學的國度來。這些腳踩著大地、心深入歷史文化的青年學生和我，將繼續把這種新領域的報導文學，視作另一種更有興味的探勘活動。

——一九九四・六

國家圖書館出版品預行編目資料

尋訪月亮的腳印[紀念典藏版]／楊南郡、徐如林著. - 二版. - 台中市：晨星，2016.10

256面； 公分，——（自然公園；025）

ISBN 978-986-443-175-5（平裝）

855　　105015095

自然公園 25

尋訪月亮的腳印
【紀念典藏版】

作者　楊 南 郡 、 徐 如 林
主編　徐 惠 雅
校對　楊 南 郡 、 徐 如 林 、 徐 惠 雅 、 張 慈 婷
美術編輯　王 志 峯
封面設計　黃 聖 文

創辦人　陳銘民
發行所　晨星出版有限公司
台中市407工業區30路1號
TEL：04-23595820 FAX：04-23550581
http：//www.morningstar.com.tw
行政院新聞局局版台業字第2500號
法律顧問　陳思成律師
初版　西元1993年04月15日
二版　西元2016年9月30日
西元2022年5月31日（二刷）

讀者專線　TEL：02-23672044 / 04-23595819#212
FAX：02-23635741 / 04-23595493
E-mail：service@morningstar.com.tw
網路書店　http：//www.morningstar.com.tw
郵政劃撥　15060393（知己圖書股份有限公司）
印刷　上好印刷股份有限公司

定價300元

ISBN 978-986-443-175-5
Published by Morning Star Publishing Inc.
Printed in Taiwan

◆讀者回函卡◆

以下資料或許太過繁瑣，但卻是我們瞭解您的唯一途徑，

誠摯期待能與您在下一本書中相逢，讓我們一起從閱讀中尋找樂趣吧!

姓名：____________________ 性別：□男 □女 生日： / /

教育程度：________________

職業：□學生 □教師□內勤職員 □家庭主婦

□企業主管 □服務業 □製造業□醫藥護理

□軍警 □資訊業 □銷售業務 □其他________________

E-mail：________________________________ 聯絡電話：__________________________

聯絡地址：□□□____

購買書名：尋訪月亮的腳印【紀念典藏版】

· **誘使您購買此書的原因**？

□於____________書店尋找新知時 □看____________報時瞄到 □受海報或文案吸引

□翻閱________________雜誌時 □親朋好友拍胸脯保證 □________電台DJ熱情推薦

□電子報的新書資訊看起來很有趣 □對晨星自然FB的分享有興趣 □瀏覽晨星網站時看到的

□其他編輯萬萬想不到的過程：____

· **本書中最吸引您的是哪一篇文章或哪一段話呢?**______________________________

· **請您為本書評分，請填代號**：**1. 很滿意 2. ok啦! 3. 尚可 4. 需改進**。

□封面設計________ □尺寸規格________ □版面編排________ □字體大小________

□內容____________ □文 / 譯筆________ □其他建議________

· **下列書系出版品中，哪個題材最能引起您的興趣呢?**

台灣自然圖鑑：□植物 □哺乳類 □魚類 □鳥類 □蝴蝶 □昆蟲 □爬蟲類 □其他________

飼養&觀察：□植物 □哺乳類 □魚類 □鳥類 □蝴蝶 □昆蟲 □爬蟲類 □其他__________

台灣地圖：□自然 □昆蟲 □兩棲動物 □地形 □人文 □其他__________________________

自然公園：□自然文學 □環境關懷 □環境議題 □自然觀點 □人物傳記 □其他__________

生態館：□植物生態 □動物生態 □生態攝影 □地形景觀 □其他______________________

台灣原住民文學：□史地 □傳記 □宗教祭典 □文化 □傳說 □音樂 □其他____________

自然生活家：□自然風DIY手作 □登山 □園藝 □觀星 □其他__________________________

· **除上述系列外，您還希望編輯們規畫哪些和自然人文題材有關的書籍呢?**____________

· **您最常到哪個通路購買書籍呢? □博客來 □誠品書店 □金石堂 □其他**______________

很高興您選擇了晨星出版社，陪伴您一同享受閱讀及學習的樂趣。只要您將此回函郵寄回本社，或傳眞至（04）2355-0581，我們將不定期提供最新的出版及優惠訊息給您，謝謝!

若行有餘力，也請不吝賜教，好讓我們可以出版更多更好的書!

· **其他意見**：____

晨星出版有限公司 編輯群，感謝您!

請填妥後對折裝訂，貼妥郵票後寄出即可

郵票

請黏貼 8 元郵票

407
台中市工業區30路1號
晨星出版有限公司

請沿虛線摺下裝訂，謝謝!

更方便的購書方式：

1 網站：http://www.morningstar.com.tw
2 郵政劃撥 帳號：15060393
戶名：知己圖書股份有限公司
請於通信欄中註明欲購買之書名及數量
3 電話訂購：如為大量團購可直接撥客服專線洽詢

◎ 如需詳細書目可上網查詢或來電索取。
◎ 客服專線：04-23595819#212 傳真：04-23597123
◎ 客戶信箱：service@morningstar.com.tw